髪結い乙女の嫁入り

迎えに来た旦那様と、神様にお仕えします。

しきみ彰

富士見L文庫

目次

CONTENTS

序章

「これより、神前式を始めます」

さほど裕福ではない庶民の出。

四民平等を謳《うた》う世の中になったとはいえ、婚礼はいまだに裕福な家庭だけが行《おこ》なうことができる特権だった。

だから、まさか私が、花嫁衣装をまとうほどの婚礼を挙げられる人と結婚することになるなんて。

そう思いながら。

天下井《てんがい》華弥《かや》は、黒地に裾模様が入った紋付の振袖に身を包みながら、神前に腰を下ろした。

お引きずりと呼ばれる裾の長い振袖のため、動くとその重さと絡みつくような動きにくさに四苦八苦する。なんとか足を取られずにここまで来ることができたが、既に精神的な疲労が募っていた。

その一方で、そのとなりに座る黒紋付の羽織袴《はおりはかま》に身を包んだ彼は、大変涼しい顔をしている。華弥と違い、疲労の色などこれっぽっちも見せない。

顔立ちは整っており、切長な黒の瞳は涼やか。文明開化の世には珍しく長い黒髪を一つに結わえ、姿勢を正して座っている。全体的にすらりと長いその姿は、見る人を魅了する。

彼の名を、梅景斎《うめかげいつき》、という。

爵位こそないが華族の血筋だからか、彼は礼儀作法といった面でも完璧だった。

華弥がこうして身分不相応な衣装を着ることができているのも、彼が全面的に用意してくれたからである。それだけ見れば、彼女は大変愛されているように見えるだろう。

華弥も、斎がこうやってずっと真面目な顔をしていれば、もう少し警戒を解いていたかもしれない。それくらい、二人の出会いは異質だったのだ。

……いえ、真面目な顔をしていたとしても、婚前契約書なんて作って私との結婚を勝手に決めたのだから、まったく信用ならないけれど。

そう。この婚姻は、双方の合意の上で成り立ったものではない。

華弥の今は亡き母と斎が、華弥がいないところで交わした結果なされたものだ。

その点に関しては、不満こそあれ文句はない。恋愛結婚が尊ばれている昨今だが、いまだに親――特に父親が娘の婚姻相手を決めることは、庶民の間でも普通に行なわれているからだ。

華弥の場合、祖父母共を七歳の頃老衰という形で、父を十二歳の頃流行《はや》り病で亡くし、母が大黒柱のようなものだった。だから、娘の婚姻相手を決める権利は母にある。

しかし華弥にはとてもではないが、母が進んで華弥の婚姻を勝手に決めたとは、どうしても思えないのだ。

だからきっと、この男に騙《だま》されて無理やり書かされたのだと思っている。その疑いはいまだに変わらない。

それでもこうして婚姻に応じたのは、母が実際に交わした契約だから。

そして、どうして母がそんなことをしたのか、知りたいから。

だから華弥は、斎主《さいしゅ》が注ぎ入れ、斎が口をつけた盃《さかずき》を受け取り、自身も口をつける。

そしてもう一度、それを彼に渡した。

『固めの杯《さかずき》』だ。

その後も煩雑な儀式を行ない、最後に二人で玉串を供えれば華弥が関わる儀式は終了だ。

これにより華弥の苗字《みょうじ》は『梅景』に変わり、二人は正式に夫婦となる。

斎主による祝辞が終われば、ようやく退場だ。神前から立ち去るべく、華弥はゆっくりと立ち上がった。長い袖や裾によって転ばないよう慎重に歩く。

そうして斎の背後について廊下を進んでいると、緊張が解けたからだろうか。これまでの出来事がつらつらと脳裏に浮かんだ。

そう。こんなことになる、そもそものきっかけは。
とある華族令息からの求婚だった——

一章　髪結い乙女、嫁ぐ

その日はなんてことはない、いつも通りの一日だった。

いつも通り仕事着として使っている紺色の着物に袖を通し、いつも通り自分の髪を梳《す》いて簪《かんざし》でまとめ。

そして一日の予定を見て、朝から夕方まできっちり仕事が入っていることを確認して仕事を始めたのだった。

華弥《かや》は、髪結い師という職を生業としている。その名の通り、髪を結うのが仕事だ。依頼人の元に赴いたり、店に赴いた客の髪を結ったりしている。

だからその日も、依頼人の元へ赴いた帰りだった。

春先とはいえ、日が傾くと真冬並みの寒さがやってくるのは苦手だ。だがそれも含めて、いつも通りの日常の一風景だった。

だから。

下宿先でもある店先で、男性に「華弥」と声をかけられたときは本当に驚いた。

「華弥。わたしと結婚しよう」

そして開口一番そう言われ、華弥は大いに困惑する。

声はおろか、顔さえ覚えのない男性だったからだ。

「ええっと……どちら様でしょうか……？　どなたか存じませんが、お断りいたします」

職業柄、人の顔や声を覚えるのは得意なほうだった。だがまったくぴんとこない。

その上、仕事終わりということもあり疲れていて、寒い。できる限り早くことを済ませたかった華弥は、間髪を容《い》れずにお断りの返事をした。

初対面の相手をいきなり呼び捨てにした挙句、こんな場所で求婚をしてくる相手など、ろくな人間ではないからだ。

しかし相手はなぜかとても驚いていて、それが余計に華弥の癪《しゃく》に障る。

なに？　求婚さえすれば、ほいほい応えるとでも思っていたのかしら？

もし本当にそう思っているのであれば、失礼な話だ。華弥を馬鹿にしている。

確かに華弥は、今十九歳だ。女性の社会進出が盛んになっている世の中だが、結婚適齢期はいまだに早い。十代後半で親が決めた嫁ぎ先に行くのが大半で、二十代後半にもなって結婚しないのは嫁《い》き遅れだと言われた。

そういった風潮が強いため、華弥くらいの年齢の女性は親が決めた相手とお見合いをすることが多い。

しかし華弥には、家族がいない。両親も祖父母も亡くなってしまったからだ。親戚の存在も知らないので、この帝都で頼れる大人は師匠を含めて両手で数えられるくらいしかいない。

そしてそんな生い立ちもあるからか、華弥は結婚をしようと思っていなかった。このまま仕事に一生を捧《ささ》げるつもりだったのだ。

だからか、相手の傲慢な態度が気に食わず、彼が口を開こうとするのを敢《あ》えて遮る。

「もしこれ以上用がないようでしたら、失礼いたします」

貼り付けた笑みと共にそう言い残し、華弥は呆然《ぼうぜん》とする相手を置き去りにして店の敷居《しきい》をまたぎ、ぴしゃりと引き戸を閉めたのだった。

＊

翌日。

華弥はその日もいつも通り、早朝に目覚めた。

布団を手早くたたんで押し入れの下段にしまうと、襖《ふすま》を閉める。

それから桐箪笥《きりだんす》を開き、長襦袢《ながじゅばん》や紺縦縞《たてじま》の着物、それ以外に必要な小物を取り出した。

寝巻きを脱ぐと、素早く袖を通し着付ける。

そして、桐箪笥の別の段から昼夜帯を。また別の段から、平べったい箱を取り出した。

箱の蓋を開けばいくつも仕切りがあり、各々に帯留めが入っている。素材も作りも様々なそれらは、華弥が少しずつ集めた品々だった。

じいっと帯留めを見つめた華弥は、桃の形を模したつまみ細工の帯留めを取り出した。それに合わせた色の帯締めを帯留めに通してから、昼夜帯を手に取り結んでいく。

そして姿見の前に立ち、着崩れがないかを確認。最後に祖母が華弥のために作ってくれたというお守りのついた紐《ひも》を首から下げ、作業する際に邪魔にならないようたすき掛けをする。

「……よし」

こうして、華弥の一日が始まる。

一階に下りた華弥は、水瓶《みずがめ》に溜《た》めた水で顔と手を洗ってから窓を開ける。すると早春の朝らしい、冷たく刺すような風が入ってきて、わずかに残っていた眠気が冷気とともに飛んでいった。

その後、火熾《ひおこ》し器に火種用の黒炭を入れて焼く。赤く熾った炭を火鉢の灰に入れ火鉢の用意が出来れば、それを居間へ持っていった。これをしておかないと、冷えた居間で朝食を食べることになる。そこまで用意をしてから、華弥は台所で料理を始める。

華弥が住んでいるのは、師匠が開いた髪結い処《どころ》『路《みち》』だ。

花街の近くにある二階建ての木造建築で、入り口に近い畳の三部屋が仕事場所となる。

裏手には台所や居間があり、普通の家と変わらない造りになっていた。

二階には三部屋。うち二部屋は華弥と師匠の私室だ。残り一部屋は来客用の空き部屋だ。

華弥が使っているのは畳の部屋で、師匠は板の間を使っている。師匠は洒落《しゃれ》た人なので布団ではなくベッドを使うし、仕事がない日は洋装をするからだ。そのため、板の間のほうが便利なのだとか。

華弥が住み込みで働いているのは弟子ということもあるが、一番の理由は師匠が保護者だからだ。

共に暮らしていた祖父母と両親は、既に他界している。親戚はおろか、それ以外の近親者を知らない。だから華弥は、母の同業者であり親友でもある師匠に引き取られたのだ。

それもあり、華弥はこの家の家事の一切合切を引き受けている。恩返しというのもあるが、師匠に家事をやらせるとさらに家が汚れる、というのが一番の理由だった。

そんな華弥がかまどでご飯を炊き、味噌汁《みそしる》を作り、主菜、副菜、と手早く調理していると、階段が軋《きし》む音がする。

「ふあ〜。おはよう、華弥」

大きな欠伸《あくび》と共に台所に現れたのは、華弥の師匠・路子《みちこ》だった。

寝巻きに羽織を引っかけ、髪を軽く結わえただけの姿で現れた路子に、華弥は呆《あき》れ顔を浮かべる。

「おはようございます、お師匠さん。着替えなくても構いませんから、せめて乱れを整えてから下りてきてください。まだ寒いんですから、風邪を引きますよ」

そう言ってちゃちゃっとはだけた襟を華弥が整えてあげれば、路子は気の抜けた笑みを浮かべる。

「ありがとさん、華弥。相変わらずお前は、きっちりしてるね〜」

「……私がきっちりしているのではなく、お師匠さんがだらしなさ過ぎるのです」

それでも華弥があまり強く言えないのは、路子の仕事ぶりを知っているからだ。

本当に、同一人物とは思えないわ……。

そう。路子は、仕事中ならまったく隙のない、完璧な仕事人間になるのである。

髪を整え化粧をし、粋に流行の洋花やアール・ヌーヴォー調の柄が入った銘仙を着こなす姿は美しい。その上、伝統的な結髪だけでなく束髪から洋髪まで結えるということもあり、路子は帝都でも一二を争うくらい人気の髪結い師だった。

三十代後半で二度ほど離婚を経験し、今では独り身の路子だが、それでも金に困ることなくやっていけているのは、その確かな腕があるからだ。

そしてそんな姿は、男性よりも女性たちの憧れになっている。そこも、路子が人気の理由だった。

華弥も路子のことは髪結い師として尊敬しているし、教わることも多い。

ただ代わりに、私生活がこんななのだ。神様も、人に才能を与えすぎないということなのだろうか。どちらかというといつでもぴしっとした母と生活してきた華弥としては、ついつい世話を焼きたくなってしまうのである。

大きな欠伸をして目をこする路子に、華弥は一つ溜息《ためいき》をこぼしてから背中を押した。

「もう少しで朝食ができますから、居間で待っていてください」

「はいはい。あ、今日の朝食はなんだい？」

「鯵《あじ》の塩焼きに菜の花の辛子和《あ》え、蕗《ふき》とお揚げの煮物。そしてしじみの味噌汁です。お師匠さん、昨夜はご友人たちとお酒を飲んでいましたから。お味噌汁を飲んでお酒を抜いて、しっかりお仕事をなさってください」

「おお、ありがとね、華弥。それに、もう山菜が出てんのかい。いやあ、もうすっかり春だねえ」

「そうですね」

「今度、お花見に行きたいねえ」

「はいはい。冷えますから、お師匠さん早く居間に行ってください」

そうして路子を居間へ押し込むと、華弥は炊けたご飯をお櫃《ひつ》に入れ、出来上がった汁物と三菜を膳に載せ、運んだのだった。

朝食を終え、食後のお茶を淹《い》れていると、ふと思い出したように路子が「あ」と声を上げた。

「そういや華弥。昨日は機嫌が悪そうだったけど、何かあったのかい」

「何かって……」

そう言われ、華弥は最悪な求婚を思い出し顔を引きつらせる。

顔に出す前なら「何もありませんでした」と隠すこともできたが、出してしまった後だ。

何があったのかと、路子が今か今かと話の続きを待っている。

華弥は仕方なく、口を開いた。

「……仕事帰り、店先で求婚されたのですよ」

「……は？　求婚？　誰に」

「まったく知らない殿方でした。その上いきなり呼び捨てにされたので、話を聞くのも馬鹿馬鹿しくなって、早々にお断りしてしまいましたが」

そう言ってほうじ茶を一口含むと、路子が信じられないことを聞いた、と言いたげな顔をする。

「はあ？　初対面で、いきなり名前を呼び捨てで、しかも店先で求婚だあ？　いったいどういう了見なんだい、そいつ」

「さあ……ですが、良《い》いお召し物を着ていましたから、いいところのお坊ちゃまかもしれませんね」

　昨日の求婚相手は、三つ揃《ぞろ》えの背広を着ていた。しかも安物ではなく、明らかに上質な布を使った誂《あつら》え物だ。今の時代であっても、そこまでの洋装ができる人間は金持ちだと決まっている。

　革靴もぴかぴかで手入れが行き届いていたし、明るめの髪も整髪料を使って固めていた。匂いがするから分かる。

　顔も、美形の部類に入るほうだろう。ただいかにもな遊び人風の男性だったので、やはりお断りしたのは正しかったように思う。ああいうのは、花街に通ったり愛妾《あいしょう》を囲ったりして妻を泣かせる部類の男性だからだ。伊達《だて》に人を見てきていないので、そう外れた評価でもないだろう。

　冷静になった頭で改めてそう判断した華弥は、にこりと微笑《ほほえ》んだ。

「きっと、遊びの一環だったのでしょう。大変迷惑な話でしたが、もう終わったことですし忘れます」

「相変わらず、そういうところは引きずらないねえ、華弥は。まあでも、気をつけな。何かあってからじゃあ、遅いんだからね」

「はい、お師匠さん」

　そう言うが、もう二度と会うことはないだろうと華弥は勝手に思っていた。

思っていたのだ。

＊

しかし。

「初めまして。わたしの名前は晃彦《あきひこ》といいます。よろしくね」

どうしてかその男と再度邂逅《かいこう》してしまい、華弥は内心顔を引きつらせた。

なんとか顔に出すことだけは避けたが、できることならば今すぐにでもここから逃げ出したい。しかしそれができないのは、ここが華弥のお得意様が住まう華族の屋敷《やしき》・葵木《あおき》子爵家の内部で。

「ふふ。彼はね、わたしの兄なのよ」

失礼求婚男――こと晃彦を紹介したのが、華弥のお得意様の一人である八重《やえ》だったからだ。

「……初めまして、葵木家のご令息様。私は天下井《てんがい》華弥と申します。奥方様と妹君様にはいつも、ご贔屓《ひいき》にしていただいております」

色々な意味で逡巡《しゅんじゅん》しながらも、華弥はできる限り丁寧に、そしてなるべく他人行儀になるよう挨拶をした。これは、晃彦との心の距離を空けるためでもある。

同時に、華弥は頭を回転させ状況を確認した。

これは……完全に、謀られたわね……。

晃彦を紹介されたのは、八重の髪結いが終わってからだった。そのときを狙ったかのように襖《ふすま》の外から声がかかり、八重が入室を許可したのである。

つまり、八重は初めからそのつもりで、晃彦と話をつけていたというわけだ。

妹を使ってまで私に近づこうとするなんて……いったいどういうつもり？

今朝方、落ち着いたと思っていた晃彦に対しての不信感が再度噴き上がり、今度はそこに嫌悪感が追加される。

何より最悪なのは、葵木家が華族で、華弥が今抱えている顧客の中で一番金払いが良い家だという点だ。これでは、昨日のようにつっけんどんな態度は取れない。

それが分かっているのか、晃彦はにこりと微笑んだ。

「知ってるよ。妹が言うには、大変腕のいい髪結い師だとか！」

「……恐縮です」

「実を言うとわたしも、屋敷で何度か見かけていて華弥のことが気になっていたんだ。だからこれから、一緒にお茶でもしない？」

誰と誰が、お茶をするの？

喉元まで出かかった言葉を、華弥はすんでのところでとどめた。

そして改めて、この男にだけは絶対に近づいてはいけない、と察する。初対面という体にはしたが、態度がまるで改められていなかったからだ。

「申し訳ございません。この後も、仕事が入っているのです」

「あ、そっか。なら空いている日は……」

「八重様。この後、ご友人方とのお茶会があったのではありませんか？　お時間、大丈夫でしょうか？」

「あ……そ、そうだったわ。わたしもそろそろ行かなくては」

「今度お会いする際に、またお話を聞かせてくださいね。……では私はこれで、失礼いたします」

華弥は、晃彦に発言する暇を与えず、そう言い切った。

なんとか屋敷の外へ逃れることが出来た華弥は、見送りに来た八重に頭を下げてから足早に店に続く道を進む。

背後を気にしつつ、無事に店に辿《たど》り着いた華弥は、奥の居間に引っ込むや否や畳の上に倒れ込んだ。

まさかの展開に、冷や汗が止まらない。なんとか平静を装ったが、内心は不信感と嫌悪感、それに恐怖心でいっぱいだった。何度も背後を振り返ってしまったのは、追いかけられていたらどうしようという気持ちがあったからだ。

一体全体、どういうことなの……。

そう思い、うつ伏せのまま動くことが出来ないでいると、ふわりと羽織《はおり》がかけられる。

「華弥。どうしたんだい」

羽織をかけてきたのは、路子だった。どうやらちょうど、店にいたらしい。これから一緒に花街へ仕事に向かうはずなので、ちょうど時機が良かったようだ。

信頼している師匠の顔を見たおかげか、恐怖心が多少なりとも薄らぐ。

身を起こした華弥は、恐る恐る口を開く。

「……あの、師匠。葵木家は、師匠が以前受け持っていたお客様、ですよね」

「ああ、そうだね。一回、どうしても都合が合わなくて華弥に代わってもらったら、それ以降お前に仕事が回ってくるようになったっけ。その葵木家がどうしたんだい？」

「……そのお家《うち》に、晃彦という方がいるのは知っていますか？」

「……ああ、確か、長男じゃないかい？　あの家にはそれ以外の男児がいないから、後継者だったはずだが」

ちょ、ちょう、なん……。

華弥はさらに気落ちした。そして事情を口にする。

「その、昨日、変な人に求婚された、と話したではありませんか」

「……その方が、その葵木家の跡取りだったのです」

「……は？」

路子は、信じられないものを見るような顔をした。当たり前だ。華族。それも後継ぎが、庶民を本妻に娶《めと》ることはないからだ。

次男以下であればまた違ったのだが、そもそも男児が他にいないという。

となると、なぜ求婚などをしてきたのか。考えられる理由は二つ。

一つ目は、女遊びの一環。そして二つ目は――妾《めかけ》にしたいから。

どちらにせよ最悪な理由に、頭が鈍痛を訴え始めた。

そして華弥と同じ結論に至った路子は、顔を真っ赤にする。

「ど、どういうつもりだい、そいつは！」

「しかも、『初めまして』と言われました……つまりお互い、あのときのことは水に流そう、ということでしょうね。私にとっても、最初の求婚時の態度を知られるのは、まずいですから……」

華弥としても、あの件を持ち出されるのはまずい。相手は華族で、そしてお得意様だからだ。葵木家の仕事がなくなるだけならましだが、最悪職を失う可能性だってある。華族とはそれくらい力がある存在だ。


「言ってたね」

「……厄介なことになったね」

渋面を作る路子に、華弥は姿勢を正して頭を下げた。

「申し訳ございません、お師匠さん。私のせいで……」

「何言ってんだい、お前は被害者だよ！　まったく、あたしの愛弟子《まなでし》に何してくれてんだい……！」

本気で憤ってくれる路子に、華弥は嬉《うれ》しくなった。家族と呼べる人は皆いなくなってしまった中、唯一無二の存在である師匠が味方をしてくれた。それは、とても心強い。

そこで、路子があ、と声を上げた。

「というより、葵木家の長男と言えば、まだ婚約者もいなかったはずだよ。そんな息子が妾を先に取ろうとしてるなんて知れば、ご当主やご夫人も流石《さすが》に諭してくれるんじゃないかね？　外聞が悪すぎるからさ」

「……確かに」

華族というのはとかく、外聞を気にする。それはひとたび問題を起こせば、それがたとえどんなに小さいことであっても、新聞に載ってしまうからだ。それくらい、華族たちの一挙一動は注目されているのである。醜聞となればなおさらだろう。

妾の存在は前時代の価値観もあり暗黙の了解として認められていたが、それは本妻がいる場合だ。本妻より先に妾を娶る華族の存在が知られれば、新聞記者がこぞって面白おかしく書き立てるだろう。

そう思っていると、路子がぐっと握り拳を作る。

「よおし！　そういうことならあたしに任せな！　遠回しに告げ口をしてやるよ！」

「あ、あの、お師匠さん。そろそろ花街へ向かう時間です」

「あ、そうだったね……チッ、仕方ない。決戦は花街に行った後だ！　さあ、仕事に行くよ、華弥！」

「……はい、お師匠さん！」

差し出された手を取り、華弥は師匠と一緒に仕事へ向かったのだった。

＊

しかし、その一週間後、事態はさらに悪化する。

――葵木夫人が、華弥のことを歓迎したからだ。

なぜそれが分かったかというと、葵木家の子爵夫人・晴美《はるみ》が、仕事をしに来た華弥を部屋に通して直《す》ぐに、こう言ったからである。

「華弥さん、聞いたわ！　うちの息子が、華弥さんのことを想《おも》っているって！」

「……は……い……？」

あまりの発言に華弥が呆然《ぼうぜん》としていると、晴美は華弥の両手をガシッと摑《つか》み、満面の笑みを浮かべる。

「あんな息子だけど、華弥さんはしっかりしているし、安心して任せられるわ。どうぞ安心して嫁いできてくださいね」

「……あ、あの、私には、そういったつもりは……」

「まあまあ。大丈夫、とにかく話してみてちょうだい」

そう言われ、嫌な予感がする。その予想に違《たが》わず外から声がかかり、襖から晃彦がひょっこりと姿を現した。気の抜けた笑みを見せてくる晃彦に、ぞわりと背筋に悪寒が走る。

「あの、お仕事は……」

「今日はその時間を使って、あたくしの息子と外でお茶でもしてちょうだい。大丈夫、ちゃんと髪結い時と同じお金は支払いますから」

晃彦と二人でお茶をするなど、正気の沙汰ではない。そう思いお暇《いとま》しようかと口を開いた瞬間、晴美が笑みを深める。

「あら、華弥さん。まさか……お断りなんて、しないわよね？」

「……っ、あ、の……」

華弥の言葉を聞くつもりがない、と言わんばかりに、そのまま無言で圧をかけられる。

まずい状況だとは分かっているが、逃れられない。その上給金もしっかり払ってくれるとなれば、華弥が拒否する理由はどこにもなくなってしまった。

「……分かり、ました……」

「まあ！　よかった！　楽しんできてくださいね」

そう愛想よく晴美が言ったが、華弥は苦笑いを浮かべるので精いっぱいだ。

しかし口から心臓が出そうなくらい、ばくばくと嫌な音が鳴っているし、喉がものすごく渇く。それが緊張と恐怖からくるものだということを、華弥は分かっていた。思わず俯《うつむ》いてしまう。

落ち着いて……何かあれば、全力で逃げればいいわ。

時刻は午後の二時過ぎ。往来には人が多いし、外まで逃げきればなんとかなるだろう。

代わりに職を失うかもしれないことは恐ろしいが、それ以上にこの、周りを知らず知らずの間に囲われている感覚のほうが耐え難かった。

幸い、華弥は一通りの家事を母から教わっている。髪結い師としてだけでなく、その気になれば女中として働くこともできるだろう。

もちろん、できたら髪結い師としての仕事を続けたいけれど。

この仕事が、好きだ。女性たちと話をして、髪を結って。希望通り以上の仕上がりになったときに見せてくれる彼女たちの顔を見るのが、何より楽しいから。

髪結い師という仕事は、華弥にとっての天職だった。

それでも、もしこの華族令息と二人きりのときに何かあれば、早々に帝都から出る。

そう心に決めると、少しだけ気持ちが落ち着いた。

覚悟を決めて顔を上げると、彼は気安い笑みを浮かべる。

そうしてやって来たのは、少し歩いた先にあるカフェーだった。

晃彦はコーヒー、華弥はミルクを頼む。

女給が飲み物を持ってきたのを皮切りに、晃彦が口を開く。

「わたしは、本気で華弥と一緒になりたいって思っているんだ」

なんの脈絡なく晃彦がそう言うものだから、華弥はうっかり口からミルクを噴き出しそうになってしまった。

冗談も大概にして欲しいわ……。

内心、思わず毒づく。一番金払いの良《い》い客だったこともあり悪く言わないようにしてきたが、家族揃《そろ》ってどうかしているのではないだろうか。

身分違いの恋というのが上手《うま》くいくのは、物語の中だけの話だ。現実で起きると、大抵悲劇で終わる。

母の側でその仕事ぶりを見続けてきた華弥は、同じ年頃の女性たちよりも痴情のもつれによって破滅していく人たちを知っていた。

だから、晃彦の言葉には決して頷《うなず》かないのだ。

「華族家の後継ぎと庶民が結婚できないことなど、私でも知っています」

華弥は、晃彦の目を見て言った。

「もし本当に本気だと仰《おっしゃ》るのであれば、目を覚ましてください。冗談だと仰るのであれば、私をからかうのはおやめください」

そうきっぱり言い切ると、ふ、と。晃彦が貼り付けていた笑みを取り去る。

「なんだよ、よく分かってるじゃないか。そうだよ、好意なんかない。理由は別にあるのさ」

そう、砕けた言葉遣いで言い、晃彦は口角を吊《つ》り上げた。

「でも、あんたがそれを知る必要はない。教える気もないからな」

「……話になりません。私はこれで失礼いたします」

「おいおいおい、いいのか？　あんたがこのまま出て行けば、あんたの師匠の店がどうなるか、考えたことはないのか？」

席から立ち上がりかけた華弥は、一度目を見開いてから腹の上で重ねていた両手をぎゅっと握り締めた。

そして再度席につく。それを見た晃彦は、愉快そうに笑っていた。

「そうそう、大人しく従うのが身のためだぞ。あんたが大人しく嫁いでくるなら、あんたの師匠の店には手を出さないからな」

はっきりとした脅しの言葉に、華弥は唇を嚙《か》み締めた。

とうとう本性を見せた晃彦に、ふつふつと怒りがこみ上げてくる。

やっぱりこの男、私のことを道具のようにしか思ってないわ。

「……この、下種《げす》野郎」

思わずそう呟《つぶや》けば、晃彦は目を見開いてから額に青筋を浮かべた。どうやら、彼の怒りに触れたようだ。

しかし晃彦は殴るのではなく、華弥の手首を無理やり掴むと、力任せに握り締めてきた。

ぎりっと骨が軋《きし》む音がして、華弥は顔を歪《ゆが》める。何より、仕事道具でもある手を掴まれたのが、耐え難い。

「っ、放してっ」

できる限り声を抑えてそう告げたが、晃彦は笑みを深めるだけで力を緩めようとはしなかった。

「謝れば放してやるよ。まあそのときは、葵木家に嫁ぐことになるがな」

華弥は、自分の結婚と師匠のことを天秤《てんびん》にかけようとし、直ぐにやめた。

もし華弥が路子のことを思って嫁いだとしても、彼女はそれを絶対に喜ばないと思ったからだ。むしろ事実を知ったとき、烈火の如《ごと》き勢いで怒り狂うだろう。

――だから、答えは最初から「いいえ」一択だ。

「……いやよ」

「……は？」

「お前のような下種野郎に嫁ぐくらいなら、死んだほうがまし！」

そう言い、華弥は手元にあったミルクを晃彦の顔面にぶちまけた。

「うぶっ⁉」

瞬間、拘束していた手が緩む。

その隙に華弥は立ち上がり、仕事道具を抱えるとカフェーを飛び出した。

ひとまず細い路地に入って、それから店に戻らないと……！

晃彦を含めた葵木家の人間たちがどのような行動を取ってくるのかは分からないが、路子に知らせるのであればなるべく早いほうがいいだろう。

カフェーの店員に内心「迷惑をかけてごめんなさい」と思いつつ、華弥は一直線に店のほうへと駆け出す。晃彦が追いついてくるまでに、なんとか距離を稼いでおきたいと思ったからだ。

それでも、華弥の足と晃彦の足では圧倒的に晃彦のほうが速い。身につけている物もそうだが、華弥は仕事道具を抱えながら走っていた。

捨てたほうがいいと、頭では分かっているし理解している。でも。

これは……私の命と同じくらい、大切なものなのよ……！

これらは、自身の半身と言っても過言ではない。それくらい長い時間をこの道具たちと過ごしてきて、かけがえのないものなのだ。

それに。櫛《くし》の中には、母が贈ってくれた形見とも言うべき品が含まれている。

髪結い師として独り立ちをすることになった際に贈ってくれた、それを捨ててまで逃げる決心が、華弥にはどうしてもつかなかった。

「待て……！」

そしてそれが、この追いかけっこにおいての勝敗を決めたのも事実。

晃彦が伸ばした手は、華弥の直ぐそばへと迫っていた――

「――見つけた」

そんなときだった。

妙にはっきりと、そう呟く声が聞こえたのは。

「ッッッ!?」

瞬間、華弥は誰かの胸に飛び込んでいた。

しかし痛いということはなく、とても柔らかく抱き寄せられる。なにがなんだか分からないまま身を硬くしていると、背後でばしんっという大きな音が聞こえた。

「うがっ!?」

見れば、いつの間にか晃彦が道に叩《たた》きつけられている。叩きつけたのは、一人の青年だった。

驚いて目を瞬《まばた》かせた華弥は、新たな来訪者の姿に口をあんぐりと開ける。

思わず目を奪われてしまうくらい、青年の姿はとても美しかったのだ。

顔立ちがとても整っており、切長な黒の瞳は涼やか。文明開化の世には珍しく、長い黒髪を一つに結わえているのが印象的だった。全体的にすらりと長いその姿は、見る人を魅了する。

何より驚きなのは、晃彦を、顔色一つ変えることなく叩きのめしたその武術だった。

彼は「やはり、お会いする前に占いをしてもらって正解でしたね」なんてわけの分からないことを呟いてから、痛みにあえぐ晃彦に向けて笑みを浮かべる。

「女性に対して暴力を振るうのは、感心しませんね」

「な、何すんだ、貴様……！」

「これはこれは、華族のご令息だというのに、口が悪いですね。ご両親はいったい、どういった教育をされているのですか？」

「っ。貴様！」

そう吼《ほ》えた晃彦が、反射的に立ち上がり殴りかかろうとする。しかし青年は笑みを崩さないままひらりと避けると、晃彦の拳は虚空を切った。大振りだったためか再度体勢を崩した晃彦の足を、青年が軽い動作で引っかける。

「おがっ!?」

「学習なさらない方ですね」

晃彦は、再度道に叩きつけられた。

本日二度目の恥辱に、彼はわなわなと震える。華弥がかぶせたミルクのせいもあり、晃彦の見た目はとても見られたものではなくなっていた。

その上、ここは往来である。道端で始まった騒動に、なんだなんだと道行く人たちが集まってくる。それに気づいた晃彦は、顔を真っ赤にして憤慨していた。

その中でも、青年はひどく冷静だ。

「葵木家も、随分と落ちぶれたものですね。こんなのが後継者とは」

そう冷めたように言い、口元に袂《たもと》から取り出した扇子を当てている。

「貴様、何者だ……！」

「梅景斎《うめかげいつき》、と申します。梅之宮《うめのみや》家に連なる者……と言えば、流石《さすが》に分かりますよね？」

黒髪黒目の美青年——斎はそう言うと、ぱちりと扇子を開く。そこには、梅の花を模した家紋が描かれていた。

それを見た晃彦の顔色が、さあっと青くなる。

斎は、ぱちりと扇子を閉じた。

「彼女は、僕の婚約者なんです」

「……は？」

「なので、あなたが触れていい相手ではないんですよ。——早々に立ち去れ」

斎が低い声でそう言い捨てると、晃彦は虚を衝《つ》かれた顔をした。しかしそれも一瞬、顔を青から白に変えると、這《ほ》う這うの体でその場を後にする。

すると、周りから口笛とともに、斎のことを称賛する声が飛んできた。彼はそれに対して笑顔で応えつつ、華弥のもとへと歩いてくる。

そして華弥はそれを、ただただ呆然《ぼうぜん》と見つめていた。

えっと、これは……助けてくださった……のよね……？

あまりの目まぐるしさに思考が追い付いていないが、恐らくはそうなのだと思う。助けてくれた理由にまったく心当たりがないが。

しかし、ちゃんとお礼は言うべきだろう。そう思った華弥は、ひねられた手をさすりながらも口を開いた。

「そ、その……ありがとうございました。助かりました」

「いえいえ、お礼を言われるようなことではありませんよ。僕はあなたの婚約者ですから」

「……え？　いえ、その……私に、婚約者はいないはずなのですが……」

この人も、あの下種野郎と同種なのかしら。

そう思い、華弥が再度警戒を強めたときだった。

斎は、懐から文を取り出した。

「これが証拠です」

見せつけられた文の見出しには、『婚前契約書』の文字が刻まれていた——

『大切な話を、こんな場所でするのはどうかと思うので』

その言葉に同意した華弥は、カフェーに戻って代金を支払って謝罪をしてから、斎を髪結い処《どころ》『路』に連れてきた。

表から入り、帰宅を姉弟子たちに知らせる。

すると、居間から路子がひょっこりと顔を出した。

「お、華弥じゃないか。おかえり」

「ただいま戻りました、お師匠さん」

「っと、お客さんかい？」

「いえ、その……私の婚約者を名乗る方でして」

「……は？」

路子が信じられないものを見るような目で華弥を見てきたが、華弥だって何がなんだか分からない。ただこんな話を店先ではできないので、早々に斎を居間に連れて行った。

「ここでお待ちください。お茶を淹《い》れてきますので」

「いえ、僕が淹れますよ」

家主でもないのにとんでもないことを言ってきた斎に、華弥は困惑した。

「いえ……そのようなわけには……」

「ですが天下井さんは先ほどの一件で、手首を痛めていたでしょう？　そんな方に、お茶を出してもらうわけにはいきません」

「……何？　華弥、お前怪我《けが》したのかい⁉」

「あ……」

そこでようやく、華弥は自身の手首が赤紫色に変色していたことに気づいた。

明らかに人の手の形をしており、誰かに乱暴されたことは一目瞭然だ。それもあり、路子の顔が一気に険しくなる。

こういうときの路子の行動は、とにかく速い。直《す》ぐに台所に引っ込むと、水につけた手拭いを華弥の腫れた手首に巻いた。そしてまた台所に引っ込み、少しして茶を持ってくる。

「……で？　どういうことだい？」

どん、と音を立てて湯呑《ゆのみ》を斎に差し出しながら、路子は鋭い視線を彼に向けた。

それを見た華弥は慌てる。

「お、お師匠さん。この方は、葵木家の方から私を助けてくださったの……だから悪い人じゃ」

「お前の態度から、それくらいは分かるさ。だがあたしが聞きたいのは、怪我の件も含めた事情説明だ」

路子の警戒しきった物言いに、華弥ははあ、とため息を漏らす。

しかし一方の斎は、話すきっかけができたと言わんばかりに口を開いた。

「はい。天下井さんと僕の婚姻について話したく、この度ご一緒させていただきました」

「正しくは、天下井さんのお母君……天下井静子《しずこ》さんと僕が交わした婚前契約の件、ですが」

そう言い、斎が路子に『婚前契約書』と書かれた文を見せる。

それを見た路子は一拍置いた後、立ち上がり二階へと駆けていった。

何がなんだか分からないまま華弥がその動向を見守っていると、それからばたばたと大きな音を立てていた路子が、階段を駆け下りる音とともに居間に戻ってくる。

その手には、斎が持っている『婚前契約書』と同じものが握られていた。

「お師匠さん、それをどこで……！」

「死ぬ前に、静子から文箱《ふばこ》を預かってたんだ。二年後、お前に渡すように言われてて……中は覗《のぞ》かないようにって言われてたから、内容までは知らなかった」

なるほど、今までさっぱり忘れていたんですね……。

しかし二年後と母が言っていたこと。またその中身が『婚前契約書』だったことから見ても、斎がここへやってくることは必然だったらしい。

せっかくなので同じものを卓上に広げ、斎は口を開いた。

「こちらを書かれたのは静子さんです。静子さんの筆跡ですから、天下井さん……こういうと、紛らわしいですね。お名前でお呼びしても構いませんか？」

「そうですね。華弥、と呼んでいただけたらと思います」

「ありがとうございます。では改めて。華弥さんもこちらを見れば、捏造《ねつぞう》されたものではないとお分かりになるかと」

斎にそう言われ、華弥はまじまじと、二通の婚前契約書の中身を一文字一文字を舐《な》めるように精査する。そして斎の言う通り、筆跡が間違いなく母・静子のものだと理解し、苦々しい気持ちになった。

筆跡はもちろんのこと、その内容がさらに気に入らない。

『婚前契約書

一、この契約書を以《もっ》て、夫を梅景斎、妻を天下井華弥とする

一、この婚姻は、夫・梅景斎と妻の生母・天下井静子によって交わされた契約である

一、妻の生母・静子は夫・梅景斎に天下井華弥を嫁がせることを全面的に認める』

最後にはきっちりと、斎と静子の署名がなされ、双方の血判まで押されている。契約書が交わされた日付を見れば、ちょうど二年半ほど前。つまり、静子が病気で倒れる直前に書き記したものだということだ。

ここまでの契約書を庶民が作ることはまずないが、これだけ見れば双方が本気でこの婚姻契約を結んだことは明らかだった。

問題は、なぜ当事者である華弥がこのことを、今の今まで知らずにいたか、だ。

華弥は溜息《ためいき》を呑《の》み込むと、ちらりと路子を見た。

最初に騒いでいたときとは一変、今の路子はとても落ち着いた様子を見せている。というよりも、何か考え込んでいるような顔だ。そこから、この件に口出しする気はないという姿勢が見て取れた。

そう思った華弥は、覚悟を決めて斎を見る。

「……梅景さん。いくつか質問をしても構いませんか？」

「はい。聞きたいことは山ほどあるでしょうし、いくらでも構いませんよ」

「……まず。なぜ今になって、この契約書を持って来られたのでしょう。交わされてから二年半経《た》ちます。それならば、母が生きている頃に私を交えて結ぶのが一般的ではありませんか？」

「その点は、どちらかといえば僕側の都合になります。ちょうど、帝都に住まいを移す予定だったのですよ。それが、家の都合もあり二年半後でした。なので静子さんにもその話を伝えたら、ならば契約書という形で残したいと提案されたのです。……ご自身の死期を予期されていたのかもしれませんね」

つまり斎は、静子が病を抱えていたことを知らなかった、ということだ。

問題は、母がそれを今わの際でも知らせてくれなかったことだろうか。

いえ、これは私側の問題であって、梅景さんに問うことではないわ。

胸の内側から湧き上がってくるもやもやしたものを呑み込んだ華弥は、別の質問を口にする。

「先ほど、梅景さんはご自身が華族に連なる家系の方だと仰《おっしゃ》っていましたが、それは事実でしょうか?」

「はい。ですが僕は分家の出で、爵位は持っていません。本家に仕えている身分ですね。ですから、華弥さんとの婚姻を反対される立場でもありませんし、あなたを妾《めかけ》にするつもりもありません。……ただ、妻として家を守って欲しいわけでもありませんが」

「……どういうことでしょうか?」

予期せぬことを言われ、華弥は首を傾《かし》げた。普通、女が家に入るということは、家庭を守るという意味と同義であったからだ。

華弥がこの婚姻契約に不満を覚えていた一番の理由は、そこである。仕事が好きな華弥としては、それをやめることになるのが何より耐えられないのだ。

すると斎は、そんな華弥の心を読んだかのように言う。

「僕が華弥さんを娶《めと》るのは、あなたのその髪結い技術を買ってのことです。――あなたには、僕の主人である梅之宮美幸《みゆき》様の専属髪結い師をしていただきたいのです」

華弥は思わず、眉をひそめた。

「……その、梅之宮美幸様、という方は……華族家の方ですよね」

「はい。侯爵家のご令嬢であられます。数えで十五になりますから、華弥さんとお歳《とし》は近いでしょうね」

その時点で、頭がくらくらしてくる。道理で、晃彦が這う這うの体で逃げるわけだ。家格ではとても敵《かな》わない。

しかし同時に、さらに謎が深まった。

「なぜそのような方のために、梅景さんが専属髪結い師を娶る必要があるのでしょう」

その質問に対して、斎がちらりと路子を見た。しかし彼女が決してここから離れるような人ではないことを悟ってか、打ち明けてくれる。

「簡単に言えば、家の秘密を守るためですね。僕の家系には、少し変わった秘密があるのです。それを流出させないようにするためには、一族の人間になってもらうのが一番手っ取り早いですから。……ついでに言うと、先ほどの失礼な方があなたを娶ろうとした理由も、同じかと」

「……秘密、ですか」

そしてそれは、斎だけでなく晃彦にも関係してくる秘密だという。

その秘密というものは……嫁いでからでないと教えてもらえないんでしょうね。

今聞いても、答えが返ってくるとは思えなかった。

それに、ここで婚姻を断ったとしても、私に利益はないわ。

なんせ、婚前契約書があるのだ。これを使って訴えられれば、華弥は法的に裁かれることになる。ここまでしっかりとした証拠があれば、訴えることは容易だ。

そしてもし断ったとしても、葵木家がいる。路子を人質に脅されている以上、華弥が髪結い師の仕事を続けられるわけがない。そして、それで路子に迷惑をかけることは確実。

正直、華弥が想定する最悪の結末と言えよう。

また斎と晃彦を比較すると、斎のほうが圧倒的に誠実な態度を取っている。何より理由がどうであれ華弥を助けてくれたし、怪我をしていたことにも気づいてくれた。

そう、華弥は手拭いが巻かれた手首をさすりながら思った。

なら。

決意を固めた華弥は、斎の目を見る。

「……条件があります。私が梅景さんに嫁ぐことで、この店や私の師に葵木家が何かしようとしたときは、守ってください」

「……華弥」

路子がとがめるような口ぶりで、初めて話に割って入る。その目から「そんなことで結婚を決めちゃいけないよ」という声が聞こえてくるようだった。

しかし、華弥は首を横に振ってそれを制する。

「大丈夫です、お師匠さん。私にも、ちゃんと考えがあって言っていますので。決して、お師匠さんを守ることだけが理由ではありません」

「……そうかい、分かったよ」

しぶしぶ、といった体で頷《うなず》く路子に笑いかけつつ、華弥は答えを促すために斎を見た。

婚前契約書があるのに条件を提示するなど図々《ずうずう》しいとは思うが、斎が華弥の技術を求めているのであれば。また華弥の技術を認めてくれているのであれば、これくらいはしてくれるはず。そういった思いからの条件提示だった。

そしてその予想通り、斎は快諾してくれる。

「もちろんです。華弥さんも、あなたと関わりがある方たちも。そのすべてを守ると、ここに誓いましょう」

きっぱりと述べた後、「新たに交わす婚姻契約書にも、その点は記載しましょうね」と笑みと共に言われ、華弥はほっと胸を撫《な》で下ろした。

自分の大切な人たちも守れるし、天職だと思えるほどの仕事も続けられる。

この二点が守られるのであれば、華弥から言うことはない。それに。

……お母さんがどうしてこの方を私の婚姻相手に選んだのか。それは、きっと嫁がないと分からないから。

華弥が知る母は、実直で誠実で芯が通った、真面目な人だった。

他人にも自分にも厳しく、しかし上手《うま》くいったときはこちらが恥ずかしくなるくらい褒めてくれる母は、華弥の目標であり憧れだったのだ。髪結い師を天職だと思うのも、そんな偉大な母の姿を見続けてきたからだ。

だからどうしても、納得いかない。

母がどうして、華弥の意思を確認せず、婚前契約書なんていうものを交わしたのか。

それも、なぜ倒れる前に交わしたのか。

──私は、それが知りたい。

だから、華弥の答えは一つだった。

「分かりました。そのお話、謹んでお受けいたします」

その日の夜。

華弥は、路子に連れられて近くのおでん屋に来ていた。

ここは路子のお気に入りの飲み屋で、華弥もたまに足を運ぶ。提供する料理はおでんと茶飯くらいで、あとはお酒だ。また席はカウンターのみで、いるのも大抵常連客ばかり、という店だった。

外の冷気から逃げるようにして席につけば、カウンター席の近くの大鍋で煮込まれているおでんからよりいい匂いがする。外にいるときからいい匂いがして、空腹が刺激されていたのだ。なのでごくりと唾を飲み込んでしまう。

濃い醤油《しょうゆ》色の煮汁には、同じように色づいたおでん種がぷかぷかと漂っていた。

その中から、華弥は大根とはんぺん、こんにゃく。路子は卵、蛸《たこ》、がんもと熱燗《あつかん》を頼む。

まず熱燗が先に届いた瞬間、路子はお猪口《ちょこ》にぎりぎりまで注いでから、それを一気に飲み干した。

「お、お師匠さん!?」

「っ、ぷはぁ！　やっぱり、仕事の後はこれに限るね！」

豪快な飲みっぷりに、常連客が「さっすが路子ちゃん！」「いつ見ても気持ちいい飲みっぷりだねえ！」なんて騒ぎ立てる。どうやらいつもやっていることらしい。

枠、なんて言われるほどお酒に強い人だけど、やっぱり深酒は体に悪いから、私のほうで注意して見ておかなきゃ……。

なんて華弥が冷や冷やしていると、路子ががばっと華弥の肩を抱える。

「それはそうと。お前、どうして了承したんだい」

これが斎との婚姻のことを指しているということに、華弥はすぐ気づいた。そして、路子が敢《あ》えてそこを伏せているということにも。

華弥は溜息をこぼしてから、口を開いた。

「それは……母が決めたことですから」

「と言っても、お前がそれを素直に呑むかって言ったら、話は別だろう？　まあ本音はどうせ、静子の考えを知りたいからだろうけどさ……」

「…………」

華弥の心理を的確に言い当てていて、ぐうの音も出ない。

しかし華弥からすると、路子がそれを悟っていてもなお口を出さなかったことのほうが意外だった。

「そう言うお師匠さんこそ、なんであの場で発言しなかったのですか？」

「ん？　そりゃあ、静子が決めたことだったしね……しかもくたばる少し前に決めたってことは、それ相応の覚悟があったってことだろ？　それに口を挟むほど、野暮じゃないさ」

「お師匠さん……」

「それに、あたしは男を見る目はないからね。それと比べて静子の目は確かだったから、信じてみようと思えたのさ。……まあ、あたしの可愛《かわい》い弟子を引き抜くために婚姻契約を結ぶのは、けしからんと思ったけどね！」

その言葉に、華弥は苦笑する。やはりその点に関しては、腹に据えかねていたようだ。

「私としては、良い取引だったと思いますよ」

「取引って、お前ねえ……」

「なんですか。これで周りから結婚を催促されることもなく、やりたい仕事も続けられる。その上、身の安全を保証してくれるとなれば、言うことなしではありませんか」

まさか救いの手がこんな形で来るとは思わなかったけれど……本当に良かった。

そう思いつつ、華弥は小さな土鍋によそわれたおでんを大将から受け取る。

飴色《あめいろ》の大根は、驚くほどすんなりと箸が通った。中までしっかり味がしみ込んだそれを口にすれば、口の中でほろりとほどけて、噛《か》み締めるたびに煮汁が口いっぱいに広がる。

甘辛い味はここならではのもので、ひどく落ち着く。

冷えた体にじんわりとしみていく温かさに、華弥は頬を緩めた。

それを見た路子は、呆《あき》れた顔をする。

「そうは言うけどね、嫁ぐんだよ？　色々あるだろう」

「……さっきは何も言わないと言っていたのに、ここにきてお説教ですか？」

「お説教というより……二回離婚しているからこそ言ってるだけさ」

そう言う路子は、蛸をかじりながら続ける。

「お前はどう思っているのか知らないが……事情を言えない時点で、相当怪しいだろ。それに専属髪結い師なんて話は滅多に聞かない」

「……まったく、というわけではないんですか？」

「……まあ、多少聞いたことくらいはあるよ、あたしもこの業界にきて長いからね。けど、嫁いだって話があってからは、噂《うわさ》すら聞かなくなっちまった。だから、もしお前が家に閉じ込められたり、不本意なことをさせられたらと思うと……」

そこまできて、華弥はようやく気づいた。

そっか。お師匠さんは、心配してくれているんだ。

そのことに、自然と頰が緩む。

肉親も親戚もいない今、華弥が持っている繫《つな》がりは髪結い師として働きながら築き上げてきたものだけだった。

だからこそ、この仕事を大切にしたいと思う。

「大丈夫です。私がそれくらいのことで、へこたれると思いますか？　葵木家のボンボンにお師匠さんのことを引き合いに出されて脅されたときも、顔面にミルクをかけて逃げたんですよ？」

「……あんにゃろう、そんな汚い手まで……いや、それはいいさ。よくやった！　華弥！

それでこそ静子の娘だ！」

「ふふ」

「ただ惜しい。顔面殴ってくればよかったのに」

「流石《さすが》にそれは……ただ、梅景さんが二回ほど道に転がしていましたよ」

「……ふん。腕っ節に関しては問題なさそうだね、あの坊《ぼ》っちゃん」

どうやら、路子の中の斎に対する好感度が、少し上がったらしい。彼への警戒を少しだけ解いたようだ。

そんな様子を確認しつつ、華弥ははんぺんを箸で切り分ける。

口に運ぶと、ほんのり甘い香りと味、ふわふわとした食感がたまらない。ぷりぷりのこんにゃくも味がよくしみていて、食感の違いが楽しい。

そこに辛子をつけて食べると、つんとした辛さが味をより引き立たせて、尚且《なおか》つまったく別のものにしてくれる。

そんなおでんに舌鼓を打っていると、華弥と同じように卵に辛子をつけて食べていた路子が、ふと呟《つぶや》いた。

「それでも、だ。もし何かあったら、直《す》ぐあたしのところにくるんだよ。……絶対に守ってやるからね」

「……お師匠さん」

「ま、まあ、華弥のことだから、滅多なことがない限り食らいつくだろうけどさ。でも、あの店はもうお前の帰る場所になってんだ。だから、適度に顔くらいは見せるんだよ？」

「……はい、路子さん」

「……まったく、こういうときはちゃんと名前で呼ぶんだから……」

そうぶつくさと言いつつも、路子はまんざらでもない様子だった。

けど、今言ったことは本心なんですよ、路子さん。

華弥が母の影を追って、躊躇《ためら》いなく梅景家へと嫁ごうと思ったのは、何かあれば路子が助けてくれると思ったからだ。華弥の中で間違いなく、路子はもう一人の母親だった。

それがあるから華弥は迷いなく、母が残した痕跡を辿《たど》れる。

――それがとても幸福で何よりも価値のあるものだと、華弥は知っていた。

だから華弥は、路子の世話をついつい焼きたくなってしまうのだ。

そうしてしばし夕食を堪能《たんのう》し、別のおでん種も注文した上でそろそろ皿が空になりそうな頃、二人は揃《そろ》って茶飯を注文した。

茶飯というとお茶……煮出した煎茶で白米を炊いたものを想像しがちだが、おでん屋の茶飯と言えば醤油と酒を入れ一緒に炊いたものである。別名さくら飯とも言って、大抵締めに食べられるものだった。

華弥はここに残ったおでん汁を入れて、まるでお茶漬けのようにして食べるのが好きだ。

今日も今日とてその食べ方で、茶飯をかき込もうとしたときだった。

「……まあ、でも帝都から出て行くことにならなくてよかったよ。あたしが静子にどやされるところだった」

路子がそんなことを言うものだから、華弥は動きを止めてしまった。

「……母が何か言ったんですか？」

思わずそう言えば、路子が頷《うなず》く。

「死ぬ前にさ、静子が華弥を頼むって話になったときにね……できる限り、華弥を帝都から出すなって言ってきたのさ。もしどうしようもなく出る羽目になったのであれば、西だけはやめてくれとも言われたかな……」

「西……」

「どういう意図で言ってきたのかは、あたしもさっぱり分からないんだけどね。どちらにせよ、お前の母親はいつだってお前のことを一番に考えて行動してたってことは、あたしからも伝えとく」

「……はい。ありがとうございます」

それを聞いて、少しだけ安心している自分がいることに、華弥は嫌悪感を覚えた。母のことを疑っていたということだったからだ。

だったらなおのこと、知りたい。この婚姻の意図を。

そう思いながら。

華弥は残った茶飯を、無言でかき込んだのだった。

＊

それからの日々は、目まぐるしかった。

今までのお得意様への挨拶回り、そして身辺整理。

お得意様に関しては皆に残念がられ、しかし同時に祝福された。

ただ例の華族家である葵木家に関しては、斎が対処するからという理由で接触禁止を言い渡されてしまったため、その後どうなったのかは知らないが、それを除けば比較的穏やかな日々だったように思う。

花嫁衣装や道具といったものはすべて、斎のほうで用意しておいてくれたらしい。と言ってもそれは静子が残した金銭で用意されたものなので、実質天下井家で用意したものと言っても過言ではないだろう。

静子が婚前契約書同様、徹底して婚姻そのものを華弥に秘密にしていたということには変わりないが、そのことへの不満を斎に漏らすほど、華弥も子どもではない。

――そうこうしているうちに、二人の挙式はあっという間にやってきた。

二人の婚礼は、神社で行《おこ》なわれる。

皇太子の婚礼がそのように行なわれて以降、流行している神前式と呼ばれる形式のものだ。最初に神社内の水で身を清めた華弥は、そこの控室で路子に髪を結ってもらっていた。

「師匠としての餞別《せんべつ》がまさか、お前の髪を結うことだとはねえ」

そう冗談めかして言う路子だが、その声が若干湿っていることに華弥は気づいていた。

しかし路子がそれ以上何も言わなかったため、華弥はそのままじっと鏡を見つめる。

鏡に映る自分の髪がみるみるうちに形作られていくことに、不思議な気持ちがこみ上げてきた。同時に、こんな状況でもまったく迷いない路子の指使いを、ただただ目に焼き付ける。

だってもうきっと、お師匠さんが髪結いをするところを見ることはないだろうから。

そういう意味でもこれはまさしく、路子の餞別だった。

それを見ていると、色々な思いがこみ上げてくる。路子と初めて会った日、母が亡くなり泣いていたのを、ただ黙って慰めてくれた日。共に過ごした日々、そして間近で見続けたその技術。

すべてすべて、華弥にとっての宝物だ。

だから最後のその瞬間まで、華弥は路子がくれたものをゆっくりと思い返し続けた。

――それでも、終わりはきてしまう。

「……これで、完成だ」

路子のその言葉と共に完成した髪型は、華弥が今まで見たどんな髪型より輝いて見えた。

後ろまでしっかり確認し、色々な感情を噛み締めた華弥は、

「……ありがとうございます、お師匠さん」

最後にそう、絞り出すように礼を言う。

化粧が落ちてしまうため、涙はどうにかこらえたが、それでも。胸に広がる言い表しようのない思いだけは、残り続けた。

名残惜しい気持ちを抱えながら、華弥は自身の姉弟子に手伝ってもらい花嫁衣装に袖を通す。

黒地に裾模様が入った紋付の振袖だ。お引きずりと呼ばれる裾の長い振袖のため、動くとその重さと絡みつくような動きにくさに四苦八苦する。

それでも、着ている振袖の美しさは変わらない。

裾と袖を飾るのは、鶴と松、牡丹《ぼたん》の花である。鶴が今にも飛び立ちそうな美しい風景模様の振袖だ。

締められている帯も同様に鶴、松、牡丹の模様が入った錦帯で、それを立て矢結びという形で結んでいる。

どの文様も縁起が良《い》いものとされ、花嫁衣装にもよく使われるものだ。特に鶴には夫婦

円満という意味もあるため、花嫁たちに人気の文様だった。

前の時代までは白無垢《しろむく》が一般的だったが、最近はお色直しを簡略化させるため、最初から黒地の紋付振袖を着るのが主流になっているようだ。また衣装を複数用意せずに済むため、庶民たちも以前と比べると、少ない負担で婚礼が開けるようになったという。

ただ、この衣装を斎がどういう意図で選んだのかだけは、ほんの少し気になった。

……それも、ほんの少しだったが。

「天下井華弥様。そろそろお時間です」

準備が終わったところで、神社の巫女《みこ》が華弥を呼びに来る。

この神前式に参加できるのは親族だけだと、斎から言われていた。なので華弥はここから一人で、式に臨むことになる。

華弥は改めて、路子と姉弟子たちを見た。そして深々と頭を下げる。

「お師匠さん、姉さん方。今まで、本当にありがとうございました」

そう言えば、路子たちも無言で頭を下げる。

これが、華弥と路子たちが交わした嫁入り前最後のやりとりとなった。

それから、華弥は巫女に連れられて本殿に向かう。

本殿には既に、新郎とその親族が入っていた。しかし想像していたよりも、人数が少ない。斎を含めて、そこにいた関係者は二人だけだった。

唯一新郎側の席についていたのは、三十代ほどの女性だ。神前に向かって右側に座っており、どこか冷たい印象を与えるが見目麗しい。

肝心の斎は、神前の前に置かれた緋毛氈《ひもうせん》の上に座している。

華弥は巫女に案内されるままに、斎の左となりに正座した。

そこで、華弥はようやく気づく。

あ、ら……？　神前の奥に、誰かいる……？

御簾《みす》が下がった神前の奥に影がかかっており、明らかに誰かいることが窺《うかが》える。しかし神前式が最近できたものということもあり、その実態を知らなかった華弥はこういうものなのかしら、と納得するだけで終わった。

華弥が揃ったところで、二人の式が始まる。

神前式を取り仕切る宮司、斎主《さいしゅ》が挨拶をし、さらに祓詞《はらえことば》を述べている間に、華弥はちらりととなりに座る斎を見た。

黒紋付の羽織袴《はおりはかま》に身を包んだ彼は、大変美しい見目をしている。

顔立ちは整っており、切長な黒の瞳は涼やか。長い黒髪を一つに結わえ、姿勢を正して座っている。全体的にすらりと長いその姿は、見る人を魅了する。

爵位こそないが華族の血筋だからか、礼儀作法といった面でも完璧だ。

こうやって真面目な顔をしていれば、華弥も彼のことをさほど警戒しなかっただろう。

いいえ、真面目な顔をしていたとしても、婚前契約書なんて作って私との結婚を勝手に決めたのだから、まったく信用ならないけれど。

そう。この婚姻は、双方の合意の上で成り立ったものではない。

華弥の今は亡き母と斎が、華弥がいないところで交わした結果、なされたものだ。

その点に関しては、不満こそあれ文句はない。恋愛結婚が尊ばれている昨今だが、いまだに親──特に父親が娘の婚姻相手を決めることは、庶民の間でも普通に行なわれているからだ。

華弥の場合、祖父母共を七歳の頃老衰という形で、父を十二歳の頃流行《はや》り病で亡くし、母が大黒柱のようなものだった。だから、娘の婚姻相手を決める権利はある。

しかし華弥にはとてもではないが、母が進んで華弥の婚姻を勝手に決めたとは、どうしても思えないのだ。

だからきっと、この男に騙《だま》されて無理やり書かされたのだと思っている。その疑いは、いまだに変わらない。

それでもこうして婚姻に応じたのは、母が実際に交わした契約だから。

そして、どうして母がそんなことをしたのか、知りたいから。

だから華弥は、斎主が注ぎ入れ、斎が口をつけた盃《さかずき》を受け取り、自身も口をつける。

そしてもう一度、それを彼に渡した。

一の盃、二の盃、三の盃。

それぞれの盃を交互に三回ずつ飲むこの儀式を、『固めの杯《さかずき》』、またの名を『三三九度』という。

新郎新婦が盃を交わすことで契りを結ぶ、という古くからある婚礼の儀式だ。

その後も煩雑な儀式を行ない、最後に二人で『玉串奉奠《たまぐしほうてん》』と呼ばれる儀式を行なう。

玉串というのは、榊《さかき》の枝に紙垂《しで》をつけたものだ。神と人を繋《つな》ぐ役割を果たしており、これを奉納することで「神と新郎新婦の繋がり」を固める意味があるらしい。

これを終えれば、華弥が関わる儀式はもうない。最後に斎主が祝辞を述べ、儀式はすべてつつがなく終了する。

これにより華弥の苗字《みょうじ》は『梅景』に変わり、二人は正式に夫婦となるのだ。

神前から立ち去るべく、華弥はゆっくりと立ち上がった。長い袖や裾によって転ばないよう、慎重に歩く。

華弥はそのまま、神社の入り口にある人力車に乗せられた。

それを見届けた斎は、華弥のとなりに腰を下ろす。

「今日はこのまま、僕がお仕えしている梅之宮家のお屋敷《やしき》へ向かいます。そしてそこが、華弥さんにとっての住まいになります」

「はい、分かりました」

一つ頷けば、斎が微笑《ほほえ》んだ。

「その振袖、華弥さんにとてもよく似合っています。あなたに似合うと思って選んだものですので、よかったです」

「……ありがとうございます」

なんと言ったらよいのか分からず、華弥はとりあえずお礼の言葉を口にした。これに、素直に喜べるような出会いではなかったし、関係も、深めてきていないのだ。ただそろそろいい加減、もう少し心を開くべきかもしれない。

……お屋敷についたら、もう少し私のほうからも歩み寄ってみようかしら。

少なくとも、晃彦よりかは誠実で優しい人ではあるのだ。なら母がどういう意図で婚前契約を結んだのかという真実を知るためにも、行動するべきだろう。内心そう反省しながら、華弥は人力車に揺られる。

そうして到着したお屋敷は、侯爵家の名に恥じぬ立派な造りをしていた。

文明開化が叫ばれてから建てられたのだろう。立派な門構えの奥に佇《たたず》むのは、由緒正しき木造建築の豪邸と、煉瓦《れんが》造りの二階建ての豪邸だった。門から屋敷までかなり離れており、整えられた道の間には木々や庭などが見える。

門前で降ろされた華弥は、葵木家の比ではない大きさの屋敷をただただ見つめることしかできない。

私、これから本当にここで過ごすの……？

声もなく圧倒されていると、華弥同様、人力車から降りた斎が、いつの間にかとなりに来ていた。

「大丈夫ですか、華弥さん？」

「あの……少し、驚いて……」

少なくとも、華弥が仕事をした家の中に、ここまでの大きさのものはなかった。その上、慣れない着物を着ているという点もあり、なんだかくらくらしてくる。

そんなときだった。

中から、一匹の犬が現れたのは。

尻尾を振りながら歩いてきた白犬に、斎が「千代丸《ちよまる》」と声をかける。

「お屋敷で飼われている犬なのですか？」

「はい、優秀な番犬なんですよ。どうやら、華弥さんのことを歓迎しているようです」

そう言われ、華弥は千代丸のことを見た。するとその白い犬は本当に歓迎しているとでも言いたげに華弥に近寄ってきて、尻尾を振りながらすとんとその場に座る。

黒にも、光の加減によっては茶色にも見えるつぶらな瞳で見つめられると、不思議と気持ちが落ち着いてくる。

そして、この屋敷の敷居《しきい》をまたぐ決心もついた。

するとそれが分かったのか、斎は華弥にそっと手を差し伸べてきた。彼の顔と手を両方見つめていた華弥は、一つわけもなく頷《うなず》いてその手を取る。

二人の人間と、一匹の白犬。

それらが揃《そろ》って門を通った瞬間、斎が微笑んだ。

「これで、華弥さんは一族の人間となりました。――現人神《あらひとがみ》が住まう屋敷にようこそ、僕の花嫁」

「…………は、い？」

今しがた、到底理解し得ないことを言われた気がする。

華弥とて、斎がどんな秘密を抱えているかに関しては、想像しなかったと言えば嘘《うそ》になる。しかし秘密と言っても、血筋だとか、家族仲だとか……有り体に言えば、一般的なもののしか考えていなかった。

秘密だとは言っていたけれど……まさか、そんなことだとは思わないじゃない。

現人神。

神様。

それはいったい、どういう存在なのだろう。

そんな、高貴という言葉では説明がつかないほどの存在が住まう屋敷で、華弥はいったいどうなるのだろうか。

頭を真っ白にしながら。

華弥はただ茫然《ぼうぜん》と、美しく笑みを浮かべる青年の顔を見つめたのだった——

二章　髪結い乙女、嫁ぎ先に馴染む

『華弥《かや》』

褥《しとね》の上に横たわる母が、名前を呼んでくる。

華弥は直《す》ぐにそばに寄ると、その手を取った。

病気になってからすっかり細く皺《しわ》だらけになった手は、ひどく頼りない。師として仰いでいた際の母はもっと偉大で頼れる存在だったのに。そう思ってしまい、自身が情けなくなった。

だからか余計に力が入り、華弥はぎゅうっと唇を噛《か》み締める。

そんな華弥を見兼ねたのか、母は微《かす》かに笑った。

『そんな顔、しないの。わたしはあなたを置いていくけれど、路子《みちこ》もいる。あなたを助けてくれる人は、必ずいるわ。だって華弥は、そうやって生きてきたもの』

『……それでも。もっとお母さんに、色々教わりたかった。一緒にいたかった』

『それは、お母さんも同じよ』

そう言われ、華弥はとうとう耐え切れず、ぼろぼろと泣き出した。それくらい、心の底から尊敬している大好きな母だったのだ。

何より母がいなくなれば、近親者は誰もいなくなってしまう。それが、華弥をひどく心細い気持ちにさせた。

そんな華弥をあやすように、母である静子《しずこ》は目を細める。

『わたしが授けたものは、華弥の中にしっかり残っているわ。だから迷ったり悩んだりしたときは、それを辿《たど》りなさい。答えは、絶対に見つかるから』

『……分かったわ、お母さん』

空いているほうの手で華弥の濡《ぬ》れそぼった頬に触れながら、母は歌うように言う。

『大丈夫。母はいつだって、あなたのそばにいますよ――』

その言葉を聞き、天下井《てんがい》華弥――否、梅景《うめかげ》華弥は目を覚ました。

見慣れない天井が目に入ってきて、頭が混乱しているのが分かる。しかし今見ていたものが夢だということを悟り、ふう、と息を吐き出した。

どうやら久しぶりに、母が亡くなる直前の夢を見ていたらしい。これを見るのは半年ぶりになるだろうか。気がふさぎ込んだときに見ることが多く、見るたびに胸がきゅうっと引き絞られるような心地になる。

しかし今回はどちらかというと、また別の意味でこの夢を見てしまった気がした。

痛む頭を押さえながら、華弥は唸《うな》るようにぼやく。

「お母さん……どうして私を、この家に嫁がせたのよ……」

梅之宮《うめのみや》家は、神の血を引く一族らしい。これを通称、神族というそうだ。

そしてその血族の中でも選ばれた者は、七歳までに神として目覚めるのだとか。

神族は梅之宮家以外にも多々いるが、その中でも神としての力を持つのは基本的に存命の各血族の中で一人限り。

それを、神族の間では『現人神』と呼ぶ。

その現人神を一族で崇《あが》め称《たた》えることで神族は繁栄し、また彼《か》の者たちの特異な力によって、この国は守られてきたそうだ。

だから神族はひっそりと、しかし確かにこの国に根差している。それは、近代文明が発展した今日《こんにち》でも変わりない。

だから梅之宮もこうして権力者として、この国を陰ながら支えている――

それが、華弥が嫁いできた初日に、夫である斎《いつき》から聞いた話であった。

そして何故《なぜ》、現人神がいる家に髪結い師が必要になるのかというと、現人神が現人神として最大限力を発揮するには、「髪を整え、形作る」必要があるからだとか。

だから腕の良《い》い髪結い師はこうして、家に嫁ぐという形で一族に入れられ、秘密を共有する立場にさせられてから働かされることがある、という。

それもあり華弥は、嫁いでから二日目である本日、梅之宮家の現人神である令嬢と顔を合わせることになっていた。

与えられた私室で身支度を整えながら、華弥は今までになく緊張した。理由は三つある。

一つ目は、主人である令嬢の私室、その二つとなりに一人部屋を与えられたから。

仕える主人のそばに部屋を与えられるということは、専属髪結い師という仕事がどれくらい重要視されているのかを表す指針の一つだ。使用人部屋は雑魚寝であるなんていうことが普通の世の中で一人部屋というのは、それだけで優遇されていることが窺《うかが》える。

しかも八畳の部屋で、桐簞笥《きりだんす》も備え付けられている。仕事道具と、趣味で集めている半襟や帯留めといったもの以外の私物がなかった華弥は、その広すぎる部屋に違和感を覚えた。遅くまで寝つけず、昔の夢を見てしまったのはそのためだと思う。

二つ目は、与えられた仕事用の着物が大変上質なものだったから。

色は華弥が今まで着ていたような紺地だったが、御召《おめし》と呼ばれる織物《おりもの》から作られた着物なのだ。

御召は織物の着物の中では最も高級とされ、庶民の間でも改まった席で使われる特別なものだ。つまり、華弥では手が出ない着物ということである。

しかもそれを一着用意してもらえるだけでもありがたいのに、無地から縞《しま》、矢羽根絣《がすり》、地紋入りのものなど、多岐にわたって取り揃えてある。斎の嫁であるからなのか、それとも梅之宮家の現人神の専属髪結い師だから与えられたものなのか、と華弥は少しの間考え込んでしまった。

そして三つ目は——これから会うのが神様だからだ。

神様って……どういう感じなのかしら……？

華弥にとって神というのは、決して触れることのできないものであり、恐ろしいものであり近しいものであり、同時に万物万象に宿るものだ。

一見矛盾しているような考えかもしれないが、この国の人間は誰も彼も、同じような印象を抱いているだろう。

この国では、どんなに悪《あ》しき神と言われているものであっても祀《まつ》り、怒りを鎮めてもらうことで、善なる神になるとされている。だから恐ろしくはあったとしても、決して疎んじてはならない。それが、国民全員の共通認識だ。

しかしこれから会うのは、現人神だという。

人の姿をしてこの世に現れた神だ。

帝《みかど》もそういう存在だと言われているが、それ以外にもこの世に存在しているとは、華弥の想像をはるかに超える出来事だ。それもあり、頭が混乱する。

それでも、そのために望まれたのだから。

だから華弥は、いつも通り、と自分に言い聞かせ、相棒である道具箱を携え、襖《ふすま》を開いた。

すると、廊下に斎の姿が見受けられる。

「おはようございます、華弥さん」

「あ……おはよう、ございます。……斎さん」

挨拶がぎこちなくなってしまったのは、男性の名前を呼んだのが初めてだったから。そして、明かされた秘密というのが大きすぎて、いまだに現状を呑《の》み込みきれていないからだ。斎もそれを悟ったのか、苦笑する。

「戸惑っているところ申し訳ないのですが……これから初仕事になります。大丈夫ですか？」

この場で「大丈夫です」以外の返答ができる人間は、いるのだろうか。少なくとも華弥はここでそれ以外の言葉を言えるほど、斎のことを信用できていない。

そう思いつつ、華弥は首肯する。それを見た斎は、華弥を屋敷《やしき》の主人の私室へと案内してくれた。

その少しの間で、斎は手早く朝の流れを口にする。

「髪結いが終われば、朝食となります。僕たち使用人の朝食は主人が登校してからになりますので、そのつもりで」

「はい」

「朝食が終わり次第、僕が屋敷の案内をします。そのときに、また詳しく説明しますね」

「分かりました」

こう言ってはなんだが、簡潔で大変やりやすい。仕事仲間として見るならば、理想的な人だと断言できた。

しかし終始笑みを浮かべているため、何を考えているのかはやはり分からない。それが、華弥が斎のことを信用しきれていない理由の一つだった。

このお屋敷で一緒の時間を過ごしていれば、もう少し印象が変わるのかしら。

華弥がそう思ったところで、二人は主人の私室前に到着する。

襖の前で、華弥は斎同様正座をした。そして、斎が行動するのを黙って見つめる。

「失礼いたします、美幸《みゆき》様。斎です。髪結い師を連れて参りました。入ってもよろしいでしょうか？」

すると少ししてから、『いいわよ』という声が聞こえた。

それを聞いた斎はにこやかな笑顔を崩さず、音もなく襖を開く。

そこで目にしたのは、とても美しい少女だった。

歳《とし》は十代半ばほどだろうか。若々しい艶のある黒髪をしている。肌も朝日を浴びて輝く白雪を思わせる色で、日の光を一度も浴びたことがないと言われても納得できてしまうほどだった。

ぱっちりとしたつり目の黒目も宝石のように輝いており、強い意志が見える。

彼女が梅之宮美幸。この屋敷の主人であり、華弥が今日からお仕えすることになる人だろう。聞いていた年齢とも一致するので間違いない。

寝巻き姿でいるのに、そんなこと気にならないくらい美しく気高い。あまりにも整った人形めいた顔立ちに、華弥は一瞬、呼吸するのを忘れてしまった。

しかしすぐにハッと我に返り、入室する。斎は「それでは、僕はこれで」と言って、華弥のことを見送った。

するとどこから出てきたのか。なーごと鳴きながら、一匹の黒猫が華弥と入れ替わりで部屋から出て行く。

それに驚きつつも、華弥は口を開いた。

「おはようございます」

「おはよう。時間ぴったりね」

「はい。初めてお目にかかります。梅景華弥です。どうぞよろしくお願いいたします」

そう頭を下げれば、くすりと美幸が笑う声が聞こえた。

「顔をお上げなさい、華弥」

「……はい」

そう言い、仰ぎ見れば、悪戯《いたずら》っぽく微笑《ほほえ》んだ美幸の姿が目に入る。

「実を言うとわたくし、はじめましてではないのよ？」

「……と仰《おっしゃ》いますと」

「貴女《あなた》と斎の神前式のときに、会っているのよ。わたくしは御簾《みす》の奥にいたから、華弥からわたくしの顔は見えなかったでしょうけれど」

それを聞いて、華弥はあんぐりと口を開きかけ、しかしなんとか閉じた。

「そうだったのですね……」

なんとか言葉を絞り出すのと同時に、神前式で感じた違和感の正体を把握する。

そ、それはそうよね……だって神前式だもの。

むしろ現人神《あらひとがみ》がいる家で、それ以外の神を前に婚姻の許可を取ることなど、あってはならないのだろう。だがまったく予想していなかった展開に、心臓がバクバクと嫌な音を立てている。

なんとか気持ちを落ち着かせようと少し視線をずらせば、そこには三十代ほどの美女がいた。斎との神前式で親族として参加していた人だ。

その鋭い視線に、心臓は落ち着くどころか悲鳴を上げている。

それでもなんとか表面上取り繕いつつ、鏡台前の椅子に腰をかける少女の傍らに腰を下ろすと、美幸がこちらを見てくる。

「……梅之宮様、どうかなさいましたか？」

「……その呼び方、いや。美幸って呼んでちょうだい」

これは何かの試験ではないか、華弥を試そうとしているのではないだろうか、などと嫌な汗をかいてしまったが、主人が嫌だと言っていることはできない。そのため「分かりました、美幸様」と返事をする。

その際の美幸が満足そうだったので、この返答が間違いでなかったことに安堵《あんど》する。

「それでね、華弥」

にこりと、美幸が微笑む。

「わたくし、今日、転校初日なの」

「……は、い……？」

「だからそれに合わせて、お着物と髪を調えていただきたくって」

てんこう。転校。

神様も学校に通うのか、と華弥の頭が混乱する。しかしそういう年齢だと言われればその通りだとも思って、余計混乱した。

そして髪だけならいざ知らず、服装も合わせてと言われてしまい、華弥は大いに戸惑った。しかし直《す》ぐに持ち直すと、頭を勢いよく回転させる。

美幸様がこう仰ったということは……多分、私がどういう仕事をしてきたのか、ご存じということよね。

　というのも、華弥が髪結い師として若いながらも固定客がつくほどしっかりと働けている理由がそこにあるからだ。

　華弥は髪結いだけでなく、着物や帯、小物といった部分も含めて相手に提案をする髪結い師なのだ。

　餅は餅屋、という考えが未《いま》だ根強いため、他業種に口を出すことはあまり好かれないのだが、華弥はそういった美容や衣服の柄合わせといった部分も含めて調和を取るように、と母親からみっちり指導を受けてきたため、当たり前の感覚としてそういうものを持ち合わせていた。

　それもあり、そっと助言をするようになったのだが、それが思いの外、女性たちに喜ばれ。それから、そういった助言を求めて華弥を指名する客が増えたのだ。

　これは、そういった華弥の一面を知っての行動だろう。試されているのだ、と華弥は緊張した。同時に腕の見せどころだとも思う。

　華弥は直ぐ様「どういったお着物と髪飾りをお持ちですか？」と尋ねた。すると、側にいた女性、おそらくは侍女であろう人が「こちらです」と案内してくれる。

　案内されたのは、隣の部屋だ。どうやら衣装《いしょう》部屋として使っているらしく、桐簞笥とクローゼット、そして小物入れ用の簞笥……といったものが揃《そろ》っている。それらの数から見て、かなりの衣類がありそうで、華弥は少したじろいだ。

流石《さすが》にこの中をすべて確認しているような時間は、ないわよね……。

美幸は、転校と言っていた。ここ、帝都にはいくつもの女学校があるが、場所によっては距離がある。

「美幸様の通われる女学校は、ここからどれくらいかかるのですか？」

なので侍女にそれを尋ねると、無表情のまま答えてくれる。

「人力車を使って、二十分ほどでしょうか」

「二十分ですね……始業時間は何時でしょうか？」

「八時半です。本日は初日ということもあり、三十分ほど早く来るようにと言われております」

「分かりました、ありがとうございます」

今は六時半だ。やはり、この衣装部屋をくまなく見ている暇はない。

華族のご令嬢と言ったら、紫色の袴《はかま》を穿《は》かれるのが通学スタイルだから……それに合わせた形ね。

少し考えた華弥は、美幸の元へ戻った。

「美幸様。お持ちのお着物の中で、お気に入りのものはございますか？」

「お気に入り？　そうね……ああ、あれが好きよ。淡紫色に矢絣《やがすり》柄が入った振袖」

「淡紫色で矢絣柄ですか。いいですね」

どこにあるのか侍女に問えば、直ぐに着物を出してくれた。華弥はそれから、髪飾りの入った箪笥《たんす》を教えてもらう。

箪笥を眺めながら、華弥は感嘆した。ここまで物が揃っているお屋敷に入ったのは、初めてだったからだ。

簪《かんざし》からリボン、西洋の髪留め……種類が豊富なためどれにするのか迷ったが、一つの髪飾りが目に入る。

それを手に取った華弥の脳裏に、一つの情景が浮かんだ。

かちり。

すべてが上手《うま》く頭の中ではまり、華弥は一つ頷《うなず》く。

――そこからは早かった。

着物の着付けを侍女と一緒に行《おこ》ない、薄くだが化粧を施した。その後に髪を結う。美幸の髪に触れた瞬間、その触り心地に思わずうっとりしてしまった。

つやつやでしっとりとなめらかだ。この髪を結えるなんて、髪結い師としてどれだけ本望なことだろうか。

何よりほつれも一切なく、癖のない真っ直ぐな髪は、女性たちの憧れだ。華弥もできることならばこんな髪になってみたい、と感じた。

そう思いつつも、手は止めない。

香油を適量塗ってから梳《くしけず》り、より艶が出るようにし、そこから結っていく。

そうして自分の頭の中で想像した髪型が形になっていくと、言い知れぬ感動が胸の内側からこみ上げてくる。

華弥は、この瞬間がいっとう好きだった。

最後に選んだ髪飾りで髪を留めると、ふうっと息を吐く。

「完成です」

華弥が選んだ髪型は、髪の上半分だけをまとめ上げたものだった。

幅の広いリボンなどをつけて流行の髪型などにしようかとも思ったのだが、髪飾り——紫、白、黄で描かれたすみれに金縁が施された、まるで絵画のような陶器製のバレッタが可愛《かわい》らしく、それをつけるために敢《あ》えてリボンなどはつけなかった。

「いかがでしょう？」

緊張しつつも問いかければ、少しして美幸が口を開く。

「どうして、わたくしが好きな着物を選べ、なんて言ったの？」

「それは……美幸様は本日、転校初日だと仰ったからです」

華弥は両手を腹の上で重ねながら、言葉を続けた。

「慣れぬご環境ですので、普段よりお疲れになると思います。ですがお気に入りの着物を着ていれば、それが少しでもまぎれるかと思いました」

「なるほどね」

「何より美幸様がお選びになったのは、矢絣柄。矢絣柄は破魔矢の羽根が描かれているため、縁起がよいとされている柄です。転校初日の美幸様の背中を、押してくれる柄かと考えました」

破魔矢というのは、初詣の際に神社から授与される矢のことだ。『不幸を祓《はら》い、幸せを射抜く』という意味が込められている。だから華弥は柄を聞いて、「いいですね」と称賛したのだった。

「それに化粧や髪型、お着物といったものは、女性にとっての戦装束のようなものです。それがお気に入りのものであればより力が増すものだと、私は思っています。ですので、今日という日にぴったりかと思いました」

もちろん、身仕度の時間を短縮させたかったという気持ちはある。なんせ、美幸はこの後、朝食を取らなければならないからだ。それを考えると、なるべく時間をかけたくはなかった。

しかしそんなことをわざわざ言う必要はないので、そっと胸の中だけにとどめておく。

そんな華弥の配慮など露知らず、華弥の言葉を聞いた美幸は感心したように頷いた。

「ならどうして、このバレッタを選んだの？」

「それは……すみれが、今流行《はや》りの油絵で描かれたものだったからです」

現在、この国では西洋文化を取り入れた柄に人気が集まっている。油絵的な模様もその一つだ。なので流行の髪型でなくとも、流行を押さえた髪型になると考えたのだ。

「あとこれは、私の勝手な連想なのですが……」

「あら、何かしら？」

「美幸様がお選びになったお着物のお色と袴のお色が、かさねの色目として見たときに『菫《すみれ》』とされるお色でして。思わず、これを選んでしまいました」

かさねの色目というのは、今より遥《はる》か昔、女房装束というものが着られていた時代に用いられたものだ。昔はこれで季節感と色構成の美しさを表現していた。

その一つに『菫』とされるかさねの色目があり、それが紫と淡紫の組み合わせなのだ。春の花であるすみれは、美幸が転校するこの時季に咲く可憐《かれん》な花である。なので、季節的にもぴったりだと思って選んだのだが。

それを聞いた美幸は、一瞬瞠目《どうもく》した後、直ぐに破顔した。

「ふふ、なるほどね。そう……華弥。わたくし、これがとっても気に入ったわ」

「……ありがとうございます。そう仰ってもらえて、嬉《うれ》しいです」

その言葉を聞いて、華弥はほっと息を吐き出した。どうやら、第一関門は無事に突破できたらしい。

何事も最初が肝心だと思ってかなり緊張していたこともあり、こわばっていた体の力がほどけていくようだった。

何より、華族にはいい印象を抱けなくなっていたから、そういう意味でも安心したわ。対象が葵木家《あおき》だけというのがあれだが、彼らは華弥のことを囲うためならば手段を択《えら》ばない様子だった。そこに、華弥の意思などいらないと言わんばかりに。

確かに結婚というものは、いまだに家と家との繋《つな》がりを強める意味が込められた義務的なものだったが、彼らの行為は華弥のことを一方的に搾取するものだったからだ。だから華弥は、嫌悪感を覚えた。

それと比べると、斎の行動には何も至らぬ点がない。

ただ、その主人も同じとは限らない。なので華弥はそういった意味でも、美幸と対面することに緊張していたのだ。

まあそれは、取り越し苦労だったわけだが。

そんな華弥を他所《よそ》に、美幸は姿見の前でくるくると回りながら、楽しそうに袴の裾と黒髪を揺らしている。

その様は幼女のようで、なんだか可愛らしかった。思わず微笑《ほほえ》んでしまう。するとそれを、ばっちりと美幸に目撃されてしまった。

美幸はぴたりと止まると、さっと顔を逸《そ》らす。

「……今、子どもっぽいと思ったでしょう」

「い、いいえ、そのようなことは……」

「……本当？」

「……白状いたします。可愛らしいとは思いました……その、袴の裾と黒髪が揺れて、まるで物語に出てくる一場面のようだな、と……」

そう言えば、美幸は一度目を見開いた後、悪戯《いたずら》っぽく笑った。まるで猫のようだった。

「これでわたくしも、立派な都会っ子かしら？」

「もちろんです」

そこまで言ってから華弥は、美幸が田舎から来たことを気にしていたことを悟った。

その瞬間、彼女も一人の少女なのだということを実感する。同時に、神様だという言葉を意識しすぎていた自分が恥ずかしくなった。

会う前から先入観ばかり持って、視野が狭くなるなんて本末転倒じゃない。もっとちゃんと、美幸様ご自身を見ないと……。

自身の甘さを再確認する華弥を他所に、美幸は華弥にそう言ってもらえたことをいたく喜んでいる。

「ありがとう、華弥。あなたのおかげでわたくし、自信をもって学校へ行けそうだわ」

思ってもみないくらい最高の褒め言葉を聞き、完全に心を持っていかれた。

──それから美幸は無事に、人力車に乗って通学して行ったのだ。

それを屋敷《やしき》の使用人たちと見送った後、使用人たちも揃って朝食を取る。

と言っても、華弥が知っているのは斎と、先ほど一緒に支度をした美幸の侍女くらいだった。

その上、華弥のいる場所は上座から三番目に身分が高い席だ。それもあるのか、他の使用人たちから向けられる好奇の目を強く感じる。なので疎外感が強い。そのためか、美味《おい》しいはずの食事も味が分からず、華弥はただ淡々と箸を進めた。

「華弥さん」

食事が終わり片づけに入った頃、華弥は斎から声をかけられる。

「お話しした通り、屋敷の中を案内しますよ」

「はい、よろしくお願いします」

そうして案内された屋敷の中は、とても広かった。

本館は昔ながらの木造建築だが、別館は完全に洋風建築だった。どうやら、敢えてそのように作らせたらしい。

庭もそれに合わせて植えられている花が違っており、まったく空気感の違う造りに華弥は少なからず感心した。

何より驚いたのは、朝食を共にした使用人たちがこの屋敷のすべてを管理しているという点だった。

この広さなら、普通は六十人くらい使用人を雇っていてもおかしくないはず、なのだけれど……。

華弥の記憶が正しければ、あの場にいた使用人はせいぜい三十人くらいだったはず。

「……お屋敷の面積にしては、使用人の数が少ないのではありませんか？」

思わず考えを口にしてしまうと、斎が苦笑した。

「華弥さんもご存じの通り、梅之宮家は特殊なお家《うち》なので……気軽に、使用人募集などができないのですよね。それもあり、ここでは比較的少ない人数で回しています」

「そうなのですね」

「はい。なので華弥さんにも、髪結い以外の雑事をやっていただくことになると思うのですが……大丈夫でしょうか？」

「もちろんです」

というより、むしろやる気満々でいた華弥としては、そんなふうに問われたこと自体驚いた。

髪結い師と言っても、見習い期間は裏方作業しかやらせてもらえない。

また師匠から許可をもらいお客を取るようになった後も、お客の髪を結っている時間よりも、道具の手入れをしたり店の掃除をしたり、お客のところに持ち込むための髪飾りを馴染《なじ》みの商店で選定したり……と雑用をしている時間のほうが圧倒的に長いのだ。

華弥はその上で家事もしていたため、働いていない時間が多いと逆に落ち着かない。

それもあり、かなりあっけらかんと言ったのだが、斎が微妙な顔をする。しかしすぐに笑みを戻すと、「なら」と口を開いた。

「これから、女中頭を紹介しますね」


「わたしは巴《ともえ》と申します。美幸様の侍女として……また、この屋敷を取り仕切る女中頭として美幸様に誠心誠意、お仕えしている者です。どうぞよろしくお願い致します」

開口一番、巴はそう言って華弥に頭を下げた。

そう、朝華弥と一緒に美幸の支度をし、尚且《なおか》つ唯一婚礼の席で顔を合わせた女性である。

朝食時も華弥より上座にいたので、地位が高いのであろうとは思っていたが、侍女のみならず女中頭という立場でもあったらしい。そのことに少しばかり驚きつつも、華弥は同じように頭を下げる。

「こちらこそ、どうぞよろしくお願いいたします」

そう言うと、巴は感情の読めない目で華弥を見た。あまりにも無表情なので、とても緊張する。

そんな巴を見つつ、傍らにいた斎は「この屋敷のことはすべて巴が担っていますから、彼女から教わってください」と言ってくる。

「分かりました」

「はい。では巴、後のことは頼みましたよ」

「お任せください」

斎のことを見送ると、華弥は巴と二人きりになる。

巴の周りにはどことなく張り詰めた空気が漂っていて、何も話していないのに緊張した。

それでも、巴が口を開くまで待っていると、彼女は「こちらへ」と華弥を案内してくれる。

「華弥さんにはまず、洗濯をしていただきます」

「はい」

「その後、屋敷の掃除を。掃除が終わった後に昼食を挟み、美幸様がおかえりになりましたら、そこで髪結いを」

「はい」

「それが終わり次第、風呂の支度を整えてください。夕食後、就寝前の美幸様の御髪《おぐし》を梳《す》き、最後の仕事となります」

「分かりました」

「空き時間に関しては、好きに使ってください」

ちなみにこんなふうに優雅に会話をしているが、巴はかなりの早歩きでついていくのが大変だった。それなのに廊下を歩く際に一切足音が聞こえないのは、何か特殊な訓練を積んでいるからなのだろうか。

残念なことに華弥はそこまでのことはできないため、多少なりとも床が軋《きし》む音や衣《きぬ》ずれの音をさせてしまった。それでも、巴に遅れまいと頑張ってついて行く。

そこまで話をしたところで、二人は洗濯物干し場に到着した。

既に何人もの女中たちが、洗濯板や桶《おけ》といったものを用意している。女中たちは巴と華弥の姿を認めると、途端張り詰めた空気を醸し出した。

一同が無言で整列したところで、巴が口を開く。

「髪結い師の華弥さんです。今日はまず、洗濯を一緒にやっていただきます。……吉乃《よしの》さん。華弥さんへの説明はあなたに任せました」

「分かりました！」

「洗濯が終わった頃また見に来ますので、そのつもりでいてください」

なんだろうか。心なしか、場の空気がそわそわとし始めたのだが。

どういう状況なのか分からず困惑していると、それをさらっと流し、巴は自身の仕事があるということでさっさとこの場からいなくなってしまう。

巴から指名された十代くらいに見える若い女性――吉乃は、ぎこちなく笑うと頭を下げてきた。

「えっと……吉乃と言います。よ、よろしくお願いしますね、華弥さん！」

「……はい。どうぞよろしくお願いします、吉乃さん」

どことなく挙動不審なんだけれど……敵意も害意もなさそうだから、きっと大丈夫よね？

そう思った華弥は笑みを浮かべ、さっとたすき掛けをしたのだった。

＊

夜。

今日一日の仕事、そのすべてを終え、風呂にまで入った華弥は、私室に戻ってきてようやく肩の力を抜いた。

残り湯とはいえ、お風呂を使えるのはとてもありがたいわ……。

曰《いわ》く、梅之宮家では毎日風呂に入るらしい。それは衛生の観点からというより、禊《みそぎ》の意味が強いのだと教わった。

梅之宮家の風呂場は、十人ほどが入ってもまだ余裕があるくらい広い檜《ひのき》風呂だった。

この屋敷が作られたばかりだということを示すように白く、それでいて香り高い浴槽には、ひどく驚かされた。

それを一人で使ったから、ちょっと居心地が悪かったけれど……たまには悪くないわね。

正直、このまま布団を敷いて寝たいところだが、その前にやらなくてはならないことがある。

それは、髪結い道具の手入れだ。

華弥は、よっぽどのことがない限り毎夜、髪結い道具の手入れをして一日を終えていた。

木櫛《きぐし》は毎回、刷毛《はけ》で髪の毛や埃《ほこり》を払う。また汚れが溜《た》まっていそうなものに関しては、容器に椿油《つばきあぶら》を垂らしてその中に櫛を沈めた。これを一晩おくと汚れが浮いてくるので、明日の朝また手入れをしなくては。

木櫛は手入れを怠ると、歯が欠けたりするのだ。直射日光に当てたり、水につけたりするなどもっての外。割れたり歪《ゆが》んだりする原因になる。

一流の髪結い師として……そして天下井静子の娘として。そんな不始末はいついかなることがあってもできない。

また櫛というのは、髪質によっても使うものが変わる。それは櫛によって歯の幅が変わるからだ。

歯の幅が細かければ細かいほど、髪に艶が出て美しくなるのだが、癖毛の人にそれを使うと逆に髪を傷める原因になってしまう。それは本末転倒だ。

だから華弥は歯の幅が異なる木櫛を常時数本持つようにして、それを髪質やそのときの髪の状態によって使い分けていた。

もちろん、手入れをすることで道具が長持ちするというのもある。また椿油がなじむことで色艶が出て、より使い勝手の良い味のあるものになるのだ。

櫛を育てると言うべきだろうか。なので材質だけじゃなく、使い始めた時期によっても、使い勝手や櫛の通りやすさは全然違う。

ただ華弥が毎日手入れをするのはどちらかというと、今日も一緒に頑張ってくれた相棒に対しての感謝と、これからもよろしくという気持ちを込めて行《おこ》なう儀式のような意味合いが強かったが。

けれど、母がいた頃からやっていたことだから、これをやらないとどうにも落ち着かなくて……。

だからどんなにその日の仕事がきつくても。どれだけ嫌なことがあったとしても。華弥が髪結い道具を得てからこの作業をしなかった日は、今まで一度もないのだ。

「……母が亡くなったときですら、思わず手が動いていたものね」

誰に聞かせるでもなく思わず呟《つぶや》く。むしろ、そういう心乱されたときほど、この作業ははかどった。黙々とできる作業だから、逆に気持ちが落ち着くのかもしれない。

そして今日も、慣れないことばかりだったせいか作業がはかどっていたとき、外から衣ずれの音がして意識が現実に引き戻される。

『失礼します。華弥さん、斎です。今よろしいですか？』

思ってもみなかった人の登場に、華弥は少なからず瞠目《どうもく》した。

しかし断る理由がなかったので、手入れ中だった道具を端に避けつつ「どうぞ」と直《す》ぐ許可を出す。

入ってきた斎は、朝会ったとき同様柔らかい笑みをたたえていた。

この人は疲れなどを顔に出すのだろうかと、華弥は思わず思ってしまう。それくらい、完璧な表情はなんというか、人間味がなくて落ち着かない。

何より、表情を読むことが得意なはずの自分がここまで読み取れないということに、焦りが生まれた。

この、誰が味方か敵か分からない環境で信頼できる武器は、それだったのに。

華弥がそう焦っていることを知らず。

きちんと襖《ふすま》を閉めた斎は改めて、華弥のほうへと向き合う。

「お疲れ様でした、華弥さん。初日ですし大変だったかと思いますが、いかがでしたか？」

それを聞いた華弥は、内心思わず苦笑してしまった。

大変……そうね、大変だったわね……。

何が大変だったかというと、主に二つある。

一つ目は、巴だ。

こう言ってはなんだが、巴とのやりとりは、斎とは違った意味でとても緊張するのだ。一挙手一投足すべてをつぶさに観察されている、と言えばいいだろうか。とにかく、気が抜けない。それはどうやら華弥だけでなく、他の使用人たちも同じようで、巴がやってくると皆一様に張り詰めた空気を醸し出した。

そしてばっさばっさと指摘をし、次からは気をつけるように、と言い残して立ち去っていく姿には、大変貫禄《かんろく》があった。

この広い屋敷《やしき》をこの人数で回せているのは、ひとえに巴がいるからだろう。

そのことから、華弥は初日からいつになく緊張したのだった。

ただこちらは正直、慣れれば問題ないたぐいの「大変」であった。

華弥的により大きな問題は、二つ目のほう――他の女中たちの態度である。

こう、なんと言えばいいのだろうか。どことなく距離を空けているようで、しかしこちらのことを気にかけてくれている雰囲気は感じ取れるのだ。

たとえば、大きな洗濯物を干すときに、一人だけでなく複数人が手伝おうとしてくれたりだとか。

掃除を終えた後、次はどこをやればいいのか聞けば、複数人が「こっちで！」と声を被《かぶ》らせたりだとか。

なのにいざ世間話をしようと華弥が口を開くと、あまり会話が弾まない。初めての経験に、どう対処したものかと戸惑っていた。

初日ということもあり様子見をしようかと思っていたのだが、せっかく斎のほうから聞きにきたので、華弥は一応相談しておいたほうがいいかな、と判断する。それは斎のことを信用してのものというよりかは、上司に業務報告をするといった意味でのものだ。

「その……気を遣っていただいているのだと思うのですが、使用人の皆様の態度がどことなくぎこちなくて……」

「ほう」

「それが少し申し訳ない……というのが、今日一日お仕事をさせていただいた感想です」

斎は一つ二つ頷《うなず》くと、首を傾《かし》げた。

「本業……美幸様とのことなどは、問題ありませんか？」

「はい。その……大変おこがましいのですが年齢が近いということもあり、かなり打ち解けた形で話せているのではないかな、と思っています」

「そうですか、それならばよかったです。……ただ、使用人たちのことが不安、といったご様子ですね」

「はい……」

すると斎は、笑みを浮かべる。

「僕の予想が正しければ……ひとまず数日、過ごしてみてください。そうすれば、きっとお分かりになるかと」

「数日、ですか……」

「はい。もちろん、悪いことは起きないとお約束しましょう。ただもし起きてしまったときは、速やかに僕に相談してください。僕は華弥さんの夫ですから、それを対処する義務があります」

さらりとこちらがどきっとすることを言ってくる斎に、華弥は「はい」と返事をすることで、なんとか胸の高鳴りを誤魔化《ごまか》した。

そして、ひとまずは斎の言う通りにしてみようと考えを改める。

「それではおやすみなさい、華弥さん。どうぞよい夢を」

それが、初日最後に投げかけられた言葉だった。

――それから三日で、華弥は斎が言っていた言葉を痛いほど理解する羽目になる。

＊

三日後の夜。

「失礼します、斎さん。華弥です。入っても構いませんか？」

『どうぞ』

前回とは違い、今度は華弥のほうから斎の部屋に足を運んでいた。

入室許可をもらった華弥が襖を開くと、そこには笑顔の斎がいた。どうやら文机《ふづくえ》に向かって仕事をしていたらしい彼は「分かったでしょう？」とでも言いたげな目をして、華弥がやってきた理由に粗方見当をつけているらしい。

そのことに、華弥は色々な意味で恥ずかしくなった。

しかし一度相談した手前、そして相談に乗ってもらった手前、その結果を報告しないという選択は、華弥には存在しない。

そのため、そっと差し出された座布団の上に座りつつ、事後報告をする。

「そ、の……三日前に相談した件なのですが」

「はい」

「……なにも問題ありませんでした」

「でしょうね。皆、華弥さんのことを歓迎したいだけですから」

華弥が恥ずかしくて口にできなかった事実を、斎はあまりにもあっさり口にした。

――そう。斎の言う通り、華弥が感じた違和感は「華弥を歓迎するあまり」起きたものだった。

歓迎、というか、いかに自分が一番乗りで華弥に気に入られ仲良くなるか、といった具合だろうか。

初めのうちはなんだろうと疑問に思っていた華弥とて、三日も一緒に過ごせば彼らに敵意もなく、むしろ歓迎しすぎての行動が挙動不審に見えていたことくらいは分かる。

こういった待遇は受けたことがないから、どんなふうに対応したらいいのか分からないわ……。

それもあり、今の華弥は恥ずかしさとどうしたらいいのか分からないという思いから、ここ連日混乱しっぱなしだった。それを顔に出さないようにするのに、いったいどれだけ苦労したものか。

まさか巴のような、終始厳しく淡々と職務をこなしているだけ、といった対応に感謝する日が来るとは。

そんな華弥をからかうように、斎が肩をすくめる。

「料理人たちも張り切っているのは、華弥さんの心を胃袋から摑《つか》もうとしているからですよ？」

「え。そ、そうだったのですか……!?　私はてっきり、あのお料理が梅之宮家では普通なのかと……！」

毎日三食、美味《おい》しい料理が出てきていると思ったら、どうやらあれも華弥のことを歓迎するあまり起きた暴走だったようだ。

た、確かに、毎日豪華だと思っていたけれど……！

そしてもしそれが作戦だったというのであれば、華弥の胃袋はもうすっかり梅之宮家のとりこになっていると言える。

「そ、の。皆さんはどうしてこんなにも、私のことを歓迎してくださるのでしょうか……？」

華弥が気になっているのは、そこだった。

こう言ってはなんだが、髪結い師というのは世間的には、あまり歓迎されていない人種である。

それはなぜかというと、家庭という一つの安定した環境に入り込み和を乱したり、家庭内のことを外部に漏らす間者のようなものだと、世の批評家たちが叫んでいるからだ。

それもあり、新聞で批評されることなど当たり前のようにある。また奥方は歓迎してくれるが、家主である夫のほうはあまり歓迎しないということがよくあるのだ。それは髪結い師が、学のない人間の職業だとされていることもあるだろう。

けれどそんなの、人それぞれよ。

現に、路子は話の面白さや博識さ、凜《りん》とした生き様から、多数の女性たちから支持を集めているし。

華弥の母である静子も、ひどく洗練された所作と落ち着いた話し方、また聞き上手なところから人気者だった。その上品かつ美しい作法から、華族のお客さんからも「庶民には見えない」と言われていたほどだった。

華弥自身はそうだと知っているが、それと世間の評価は別物で。

だから、梅之宮家がこんなにもよくしてくれることが、理解できない。

すると、斎は微笑《ほほえ》みながら自身の髪を梳《す》いた。

「華弥さんが梅之宮家《こ》へ来た日に、僕が話した髪結い師の役割について、覚えていますか？」

「は、はい。現人神《あらひとがみ》が現人神として最大限力を発揮するために、『髪を整え、形作る』必要があるから……ですよね？」

「はい、そうです。さらに詳しく説明するのであれば……髪というのは、我々が異能を使う際の力の源……神力を溜《た》めておくための器官なのです」

「いまいちぴんとこないのですが……」

「分かりやすく説明するのであれば……水を張るために必要なたらいでしょうか。華弥さんは、そのたらいの手入れをしたり、修復したりしてくれる職人なんです」

そう言われると、華弥でも想像しやすい。

つまり神力というのは、水みたいなものってことね。

「そして現人神――美幸様にとって大切なものは、使用人たちにとっても同じなのです」

「……あ……」

「だから華弥さんのことを、この屋敷にいる者たちは全員、待ち望んでいたのですよ」

その話を聞いて、華弥はようやく納得する。同時に、信じられない気持ちでいっぱいになった。

私よりもすごい髪結い師はたくさんいるのに……。

「……私にはもったいないくらい、過分な評価です」

「それに、それだけではありませんよ。美幸様もお認めになられた。それは、彼《か》の方を『神』として崇《あが》める我々にとって、宝石よりも価値があることなのです」

「それ、は……」

「もしすべて理解できなかったとしても、どうかそれだけは覚えておいていただければと」

そう笑みを浮かべる斎の顔に、嘘《うそ》なんて言うものはまったく見受けられない。

「この機会に、一度神族についての説明をしておきましょうか」

そう前置きをすると、斎は指を四本立てる。

「神族とひとえに言っていますが……僕たちにも、大きく分けて四つの部族が存在します」

東、西、南、北。

その中で、梅之宮家は北の神族出身だと、斎は口にした。

「そしてこの四部族以外にも、特殊な立場の一族が存在するのです」

「特殊、と言いますと」

「言わば中立と言いましょうか。生と死、未来と過去、現在……万人が等しく抱えるものを象徴とする現人神の血筋は、派閥を持ちません。そもそも、あまり頻繁に現人神が生まれない、というのもありますが……」

「そうなのですか？」

「はい。四部族であれば、現人神は先代が亡くなり次第、十年以内に代替わりが起きます。ですが彼らの場合、数百年に一度という場合も多いのです」

だからこそ、生まれた際は大きな影響力を持つのだと、斎は言う。

「彼らの場合、そのときの現人神の選択によって、四部族のどこかに所属することもあります。彼らの影響力は計り知れず、この国にさまざまな影響をもたらしてきました」

まるで、それによってこの国の運命を変えることすら、必然だというように。

中立の神族たちの存在は、四つの部族たちにとっても大きなものなんだとか。

「その最たる存在が、神族を治める現人神を輩出する国神《くにつかみ》様の一族です。まあこの一族の場合、必ず代替わりをしますし、国を管理するというのが主な役目なので、完全中立を保っているのですが」

「皇族……のような方々ということでしょうか？」

　華弥は、太陽を司《つかさど》る神を祖先としてその名を馳《は》せている尊き方々を思い浮かべながら、呟《つぶや》いた。斎は笑いながら頷《うなず》く。

「立場としてはその通りです。ただ真《しん》にこの国を守り、統べている……というのが実情ですね。……ああ、あとこれ、他の神族に言ったらすごい目で見られると思いますから、内緒ですよ？」

　口に人差し指を当てながら斎にそう言われ、華弥は思わず唇を引き締めていた。

　確かに、迂闊《うかつ》な発言だったわ……。

　斎の忠告をきちんと聞こう、と思い、華弥は深く頷く。

　それを満足そうに見つめた斎は、「とまあ色々と語りましたが、中立の神族に関しては年に一度くらいしか会いませんから、気にしなくとも大丈夫です」なんて笑った。

　それに華弥が笑ったのを見てから、斎はさらに詳しく神族について語ってくれる。

「五行思想というのはご存じですか？」

「は、はい」

「ならば話は早いですね。その五行思想と同じように、神族は方位で使えるこの世ならざる力……異能が異なるのです。東は木、西は金、南は火、北は水、ですね」

そう言い、斎はくるりと指を回す。するとそこに丸い水の玉が現れた。それはすぐに霧散したが、確かに何もないところから水が出て、それが浮いていたのを目にする。

本当にこの世ならざる力が、存在する。

そのことに、華弥は少なからず衝撃を受けた。

「これらは神族であれば誰でも持っていますが……その家から生まれる現人神にどれだけ愛されているかで、使える力の強度が変わるのです。だから神族家系は、自身の家の現人神を大切にするのですよ」

それは、たった四日しか過ごしていない華弥ですら分かった。この屋敷《やしき》の人たちは皆、美幸のことをとても大切にしていると。

「その上で現人神となられた方は、神としての権能を持ちます。ほら、よくご利益というではありませんか。そういった、人から受けた願いを叶《かな》える力のことですよ」

「なるほど……」

「以前、あのぶしつけな男に遭った日に華弥さんの居所を教えてくれたのも、美幸様の力なのです」

たまたま見つけたわけではなかったのか、と華弥は妙に納得した。

確かにあの登場は、かなり作為めいたものだった。しかし神の導きによるものだったのであれば、あんなに華弥にとって都合が良かったのも理解できる。

そこまで真面目な顔をして語ってから、斎はにこりと微笑んだ。

「ですが華弥さんに一番覚えておいてもらいたいのは、『現人神は嘘を吐かず、神族の中でも現人神からの寵愛《ちょうあい》が厚い者は、嘘を吐けない』といったことでしょうか」

「……現人神は嘘を『吐かない』なのに、寵愛を受けた神族は嘘を『吐けない』なのですか？」

「はい。現人神の場合、そもそも嘘を吐く必要がありません。ですが神族の場合、現人神からの寵愛をなくさないために、嘘を吐けないのです。現人神からの信頼を失ってしまいますので」

「なるほど……」

「信頼がなければ、異能は使えません。また信仰が薄い現人神であっても、己の力を完全に発揮することはできません。それはこれから他の神族と出会っていく中で、相手を見極めるのに役立つと思います」

確かにその情報は、華弥にとってとても有益だ。梅之宮家のことを知り、自身の身を守る意味でも。

「そして華弥さんは、そんな美幸様が現人神として生きていく上で、なくてはならない存在なのです。ですから、この屋敷で受ける待遇は正しいものなのですよ」

「……はい」

本当の意味で理解するには時間が足りないが、しかしどうして華弥が歓迎されているのかは分かった。

ただそうなるとどうしても、一つだけ気になることがある。

「……その、斎さん」

「なんでしょうか？」

「もしお礼をするのであれば、皆さんは何をしたらお喜びになるでしょうか……？」

斎がきょとんと目を丸くした。

「ただそこにいるだけでよいと思いますが……？」

「そ、それでは私の気が収まりません……！」

受けた恩は、きちんと返す。

そうやって生きてきた華弥からすると、これは流石《さすが》にもらいすぎだった。

なので華弥自身の精神衛生のためにも、何かお返しをしたい。

そう訴えると、斎が考える素振りを見せる。

「……でしたら、こういうのはいかがでしょう？」

そう前置きし、提案されたことは、華弥からすればあまりにも『当然』のことだった。

＊

翌日の昼過ぎ。

帰宅した美幸の髪結いを終えた華弥はそわそわとしながら、休憩時間になるのを待ち構えていた。

と言っても、これは自身の休憩時間ではない。

女中たちの休憩時間だ。

午後一番の仕事として掃除を終えた女中たちには、夕方の仕事を始める前に休む時間が与えられる。

華弥が彼女たちに声をかけたのは、そんなときだった。

「……あ、あの！」

「あれ、華弥ちゃん。どうしたの？」

そう気さくに名前を呼んでくれたのは、吉乃。十代中頃に見えるが、実際は三十に差し掛かる前という童顔の女性である。

そう。華弥が初日に、一緒に洗濯物を干した人だった。

吉乃はその後も華弥によくしてくれ、その顔立ちもあってか一番仲良くしている。というのも、この屋敷にいる女中たちの大半は二十代後半なので、華弥と同世代がいないのだ。

その区分でいくと美幸が同年代と言えるが、雇用主でもあり現人神でもある彼女を友人と呼べるような精神を、華弥は持ち合わせていない。

また吉乃はそのほんわかした見た目同様、柔らかく話す女性だ。

見た目と違って逞《たくま》しいところを除けば、なんだかんだ一番話しやすいのである。

そんなことはさておき。

吉乃を含めた女中たちは、廊下で仕事道具を抱えながら佇《たたず》む華弥の登場に、目を丸くしていた。

その視線を一身に浴びながら、華弥はふうと密《ひそ》かに深呼吸する。

「あ、の。この後、お時間はありますか？」

「うん、もちろん」

「その……でしたら、私に髪結いをさせていただけませんかっ？」

自分から提案しておきながら、華弥はものすごい後悔に苛《さいな》まれていた。

だって……お礼が髪を結う、なんて！

髪結い師の華弥からしたら、正直普通過ぎてお礼にならない。

しかし斎の話を聞く限り、そして神族の価値観を聞いた限り、どうして斎がこれを提案してきたかくらいは理解できた。

が、それと実際に口にするのとでは、やはり全然違う。

それもあり、華弥は思わず俯《うつむ》いてしまったのだが。

「……え？……え、待って？　本当⁉」

「だ、だって、美幸様の専属髪結い師に、あたしが……⁉　え、どうしよ、どうしよう⁉」

華弥よりもよっぽど混乱し、興奮した姿を見せる吉乃からは、嫌悪感などみじんも感じない。それどころか喜びに満ち溢《あふ》れた表情でぴょんぴょんはね回る姿は、まるでご褒美をもらった際の犬のようだった。

「ちょっと、吉乃落ち着きなさいよ。いい歳《とし》した大人が、みっともないわよ？」

「そうそう」

他の女中たちが吉乃のことを茶化すようなことを言うが、しかしワクワクした表情は隠しきれるものではない。まるで童《わらべ》のように弾んだ様子の女中たちを見た華弥は、斎が言ったことは冗談でも誇張でもなかったことを実感した。

『髪結い師……それも主人であり信仰の対象でもある美幸様がお認めになった専属髪結い師からのお礼と言ったら、髪を結うというのが一番だと決まっているでしょう？』

悪戯《いたずら》っぽく笑みを浮かべてそう言ってきた斎の顔を思い出して、華弥はくすりと笑みを浮かべる。

「最近流行《はや》りのリボンも用意してみたんです。使ってもいいですか？」

そう言うと、吉乃は一瞬嬉《うれ》しそうな顔を見せた後、考えるそぶりをした。

「う……この歳してそれはどうなのかな……」

「これから外に出るような用事もないし、いいじゃない。使ってもらいましょうよ、吉乃」

「そ、そうだね！」

「それに吉乃は童顔だから、絶対に似合うよ」

「……ちょっとねえ、それ褒めてる!?」

「それで矢絣《やがすり》柄のお着物と女袴《おんなばかま》を身にまとえば、立派な女学生さんですね」

「……え、華弥ちゃんまでそういうこと言う!?」

思わず話に乗ってしまったが、吉乃はそう言ってむくれただけで、決して嫌なそぶりを見せたりはしなかった。

そしてそれは、他の女中たちも同じだ。

「ねえ、華弥さん！　結ってくださるなら、ぜひ使って欲しい簪《かんざし》があるのだけれど……！」

「わたしもよ！　使ってもらってもいいかしら！」

「……はい、もちろんです！」

そう楽しく話す女中たちの輪に入りながら。

華弥はその日ようやく、自身が梅之宮家の一員として溶け込めたような、そんな気持ちで廊下を歩いたのだった。

＊

夜、自身の私室にて。

梅景斎は、幾分弾んだ心地で職務に当たっていた。

なぜ上機嫌なのか。それは数分前にやってきた人物のおかげだ。

梅景華弥。

自身の妻であり、主人の専属髪結い師である女性が、最初に会ったときとは比べ物にならないくらい柔らかい笑みを見せながら、斎にお礼を言ってくれたのだ。

『斎さん。素敵な助言、ありがとうございました！』

あの表情でお礼を言われれば、いくら人形のようだと言われる斎とて嬉しくなる。むしろあの場で素の笑みを出さないよう、かなり気をつけたくらいだ。

……本当に。本当に良かった。

斎はずっと、華弥のことを気にかけていた。

それはなぜか。簡単だ。華弥が屋敷にいる間中ずっと緊張して、警戒していることが分かったからだ。

取り繕うのが上手《うま》いので周囲は気にしていないだろうが、誰よりも他人の微表情を読むことに長《た》けている斎には分かる。

華弥さんは僕のことを信用していないし、この屋敷《やしき》での生活を不安に思っていました。

それはそうだろう。秘密があり、しかも相手はいつの間にか関係を結んでいた婚約者だ。

そうでなくとも、華弥が葵木家の件で華族に対して若干の苦手意識を抱いていることくらいは、容易に想像できる。

だから斎はできる限り華弥に気を配り、話をして行動で結果を出すことで、華弥からの信用を得ようとした。

別に、斎自身がそれで信頼されなくともいいのだ。ただこの屋敷が自分の居場所なのだと。決して自分を傷つける人はいないのだと、理解してくれさえすればいい。

それに彼女は聡明《そうめい》な人なので、そう遠くないうちに理解してくれるだろうと思っていた。

というのも、この屋敷にいる使用人たちは皆、華弥のことを心から歓迎しているからだ。

嘘《うそ》偽りなく、本気で。

だから斎は、なぜ使用人たちが華弥をそこまで歓迎するのか、理由を教えてあげたのだ。

初めのうちは疑っていても、あれほど熱心な態度を感じ取れば、疑いはすぐに払しょくされるはずなのだから。

「……ひとまず、僕から華弥さんにできることは、これで終わりですね」

斎がここ連日、華弥とできるだけ関わりを持とうとしていたのは、使用人たちとの橋渡しをするためだった。

でなければ、まさか進んで関わりを持とうとはしなかっただろう。

だって、斎はいつだって陰で。人に言えないような汚いことも、たくさんしてきた。

だから極力、綺麗《きれい》なものに触れるのを避けてきたのだ。

……華弥さんにお礼として「髪結いをするのはどうですか？」と勧めたのにも、理由がありましたし。

下心。それも、華弥のことを試す意味での提案だ。もちろん悪いことではなく――彼女が持っているとされる、特別な力を検証する意味でのものだ。相手が美幸だけだと、検証結果にずれが生じる可能性がある。

それくらい、華弥の持つ力は特殊なものなのだ。

斎が華弥を娶《めと》ると決めた理由の一つは、それである。

もちろん使用人たちが喜ぶことは事実だったが、そこに一抹でも不純が混じっていたことを、斎は華弥にあまり知られたくなかった。

だから、距離を置くのだ。

そう思いながらも、華弥とのやりとりを名残惜しく思っている自分がいることに、斎は苦笑した。

それを振り払うように、彼は鋭く言い放つ。

「例の件は滞りなく進んでいますか」

「……はい、斎様」

そう答えたのは、細身の男だった。どこからともなく現れたように見えるが、物の陰から湧き出したというのが正しい。

それは忍《しのび》、と呼ばれる梅之宮家の裏方仕事を担う者の一人だ。北の神族ならばどの家にも必ずいる存在でもある。彼らを本名で呼ぶことはなく、あるのは忍としての秘匿名だった。

この男は、陸《ろく》と呼ばれていた。

表の世界にも昔は忍がいたが、神族の忍は彼らとは比べ物にならない精度でその場に溶け込む。

情報を集めるために、他神族のところへ間諜《かんちょう》として入ることなど当たり前。情報操作、また汚れ仕事も行《おこ》なう。

神族の中でも『黒』の色を持つ北の神族だからこそ生まれた裏方集団は、水を媒介にしてあちこち行き来することができる。顔を変えることすらお手の物だ。そうして古くから、多くの情報を調べ上げ、先手を打ってきた。

それらの集団をまとめ上げているのが、斎だった。

そんな忍に今回やらせた仕事は、別段どうということもない。『斎と華弥が結婚した』という事実の公表を新聞社に向けてするように、と命じただけだ。

……ただ、華弥の存在がいったい誰の庇護《ひご》下に入ったのか知らしめるよう……そしてできる限り相手をあおるような紙面になるよう、調整はしましたが。

誰をあおるのかなど、決まっている。

葵木家だ。

「こちら、新聞社から預かってまいりました。明日の朝の記事です」

「そうですか……」

新聞を受け取ってから、斎は「あ」と声を上げた。

「もう一つ、やっておいて欲しいことがあります」

「なんでしょうか」

「華弥さんのために、簪をあつらえてください。簡素で使い勝手が良い物でありながら、梅之宮家の人間だと分かるような意匠のものを頼みます」

なぜ斎がそんなことを頼んだのかというと、他の神族にも分かりやすいように、華弥が梅之宮家の人間なのだということを知らしめるためだ。

特に簪といった髪を飾る装飾品は、その家の人間だと強調する印として格が高い。つまり、周囲に華弥が現人神《あらひとがみ》に寵愛《ちょうあい》されていることを知らしめることができる。髪結い師なのだから、それくらいのものは必要だろう。

そう判断しての頼みだったのだが、珍しく、付き合いの長い陸が一度躊躇《ためら》うような素振りを見せた。

斎は首を傾《かし》げる。

しかし陸は気を取り直したのか「御意」と一言口にして頭を下げたため、直《す》ぐに気にならなくなった。

「用件は以上です。ご苦労様です、もう下がってよいですよ」

「……失礼いたします」

忍に労《ねぎら》いの言葉をかけてから、斎は渡された新聞をぱさりと投げ捨てた。

「さて。これを見た彼らは、いったいどんな行動を取ってくるのでしょうね？」

＊

『梅之宮分家の梅景家当主、とうとう髪結い師を娶る！』

『若手の実力者を専属髪結い師に選んだ梅之宮家の現人神への期待、高まる！』

自身の私室でその紙面を見た瞬間。

葵木八重《やえ》は、新聞をくしゃくしゃに丸めて畳の上に叩《たた》きつけた。

「ちょっと、これはいったいどういうことなのよ……！」

この新聞は表世界にあるものとは違い、神族間のみに流通している特別なものだ。そのため、神族にのみ分かる有益な情報も見受けられる。

そしてそういった紙面において、「専属髪結い師を引き入れたことを公表する報道」というのは、周囲に権威を見せつけるという意味でも、他神族の動向を知るという意味でも、とても価値のある情報だった。

それくらい、現人神と髪結い師の関係は切っても切り離せないものなのだから。

しかしそれだけならば、八重もここまで怒り狂わなかっただろう。

だが八重は、葵木家で最も特別で選ばれた存在――現人神だった。

そしてこの紙面に出てきた髪結い師である華弥を最初に見つけたのは、八重だったのだ。

それをこのような形で奪われたとなれば、怒るのは当たり前だろう。しかも今まで、華弥の勧誘が上手くいっていると思っていたのだから、その怒りはより強いものとなって八重の苛立《いらだ》ちを加速させた。

しかも……その相手が問題よ……！

梅之宮家。

由緒正しき武家華族の一つであり、北の神族家系の一つだ。

公家《くげ》華族であり南の神族の一つという、何から何まで噛《か》み合わない葵木家としては、他派閥の神族に狙っていた者を奪われたことそのものが許しがたい。

その上、八重と梅之宮家の現人神・梅之宮美幸は、同級生だった。

八重は、この美幸そのものが気に入らない。

なんせ美幸は、転校してからものの一週間でクラスの人気者になってしまったのだ。

その勢いは衰えることを知らず。同学年の生徒たちすべてを掌握するような雰囲気だ。

同じクラスに在籍している八重としては、たまったものではない。

わたしですら、周りの人間たちを取り込むのに一か月はかけたのに……!

それが今では、八重を支持する生徒など片手で数えられるくらいしかいなくなっていた。

クラスメイトたちに対しての苛立ちはすべて、同じ現人神である美幸への憎悪へと変換される。

あんな女よりも八重のほうが劣っているなど、あり得ない。あってはならない。

――だって八重は、同世代の中で誰よりも早く現人神としての力を覚醒させたのだから。

「お前！　さっさと晃彦《あきひこ》を呼びなさい！」

「は、はい……！」

八重は手当たり次第の物に八つ当たりをしてから、女中に命じて兄である晃彦を呼び出した。

待っている間に別の女中が部屋を片付けているが、八重の視界には入らない。むしろ腹の虫がおさまらない八重は、その女中を蹴り飛ばし踏みつけた。悲鳴を上げる声に、八重は片眉を吊《つ》り上げる。

「お前たちのような下民が、許可なく声を出していいと思っているの？　むしろわたしに使ってもらえて喜ぶところでしょう？」

「ひ……は、は、い……」

「ほら、喜びなさいよ」

「わ、わたしを使ってくださり……あ、ありがとうございます……っ」

そうすすり泣きながら言う女中を見て、少しだけ胸がすく思いがした。

そうよ。やっぱり、人間はこうでなくっちゃ。

自分以外の生き物は皆、自分の下僕。

そう信じて疑わない八重の態度は、基本的に家族に対しても変わらない。

だから少ししてやってきた晃彦の顔を見て、八重の気分はまた悪くなった。

晃彦はいかにもな、気の抜けた笑みを浮かべていたからだ。まるで事の重大さが分かっていない能天気な笑みに苛立ちが膨れ上がり、八重は踏みつけていた女中の背中に体重をかけた。

そんな女中になど目もくれず、晃彦は腰を低くして言う。

「八重様。どうかされましたか？」

「どうしたもこうしたもないわよ！」

そう言って、八重はくしゃくしゃにした新聞を指差した。それを拾い紙面を見た晃彦は、ああ、と返事をする。

「華弥の件でしたか。その件は、本当に申し訳ございません。しかしまさか、あの梅之宮家の人間と婚約していたとは知らず……」

それを今初めて聞いた八重は、頭が沸騰するくらい激怒した。

何それ……つまり、わたしが華弥に目をつけたときには既に、あの女が手にしていたってわけ⁉

なんと惨めで愚かなのだろうか。

格下だと思っていた相手がまさか、自分より先に優秀な人物を見つけて、あまつさえ婚約までしていたなど、八重のプライドが許さない。

だから八重は金切り声で咆《ほ》えた。

「誰が言い訳なんてしていいと言ったの？　そもそも華弥に警戒されて計画が失敗したのは、あんたが変な求婚の仕方をしたからでしょう⁉」

「ははは。申し訳ございません」

晃彦に華弥を口説くように言ったのは八重だった。初めて髪を結ってもらったその日、ひどく調子が良かったからだ。

その後、再び華弥の師に戻り、その変化が華弥だったからこそだと気づいた。もう一度お願いした結果、八重の中にあった感覚は確信に変わった。

この天下井華弥という髪結い師には、現人神の力を向上させる何かがある、と。

だから八重は、華弥を自身の髪結い師にしようと考えたのだった。

しかし専属にするためには、家の一員にしなければいけない。これは絶対だ。だから唯一の男児である晃彦の嫁にする形で葵木家の一員にしようと考えたのだが、肝心の兄には女を口説く才能がなかったようだ。

ほんと、あれだけ女遊びをしているっていうのに。信じられない。

何より信じられないのは、こんな人間が兄だという点だ。遊んでばかりでまるで役に立たない。

苛立ちが募り、八重は吐き捨てる。

「本当に申し訳ないと思ってるなら、華弥よりいい髪結い師を連れてきなさい！」

「そう言われましても、わたしにはその違いが分からないのですが……」

「だったら、華弥本人を連れてきなさいよ！」

「流石《さすが》に梅之宮家から誘拐するのは、危険性が高いのでは……？」

「はっ。監禁でもなんでもすればいいのよ。家にさえ入れてしまえば、そこは他家が介入してはいけない不可侵領域になるもの」

それがこの国における、現人神の特権だ。

国の司法が決して及ばない、絶対的な存在。

だからこの家で一番偉いのは八重で、その輪の中にいる限り、八重に逆らう者はいない。

それがたとえ兄や両親であってもだ。

使用人に至ってはその辺りにある家具と同じようなもの。そこにいて、八重の思うように動くのが当たり前。壊れたら替えればいい存在だ。

……そして、それが理由で梅之宮家に介入できないのも、八重の苛立ちが募る理由の一つだ。

だから八重は家でだけでなく、この国すべての人間を自分の思い通りに動かせる位置にいきたいのだ。

そしてそのためには、華弥という特別な髪結い師の存在が必要不可欠になる。

なのにこの兄は本当に、言い訳ばかりでまったく役に立たない。

八重はひとしきり兄をなじってから、華弥を連れてくるように言いつけてその場から追い出した。

そしてすっかり片付いた部屋で、それがさも当然であるような態度を取り、使用人が引いた椅子に腰かける。

「今に見てなさい。わたしがあの方の花嫁に選ばれたら、手始めに梅之宮家を取り潰してやるんだから」

三章　髪結い乙女、政略夫との関係に悩む

梅之宮《うめのみや》家で働き始めてから、早二週間。

華弥《かや》は毎日、健康かつ大変有意義な時間を過ごしていた。

しかしそんな華弥にも、悩みはある。

――それは、自身の夫・斎《いつき》についてだった。


昼過ぎ。

華弥は内心考え込みながらも、学校から帰宅した美幸《みゆき》の髪を結っていた。

その間に美幸から学校であったことを聞くのが、今ではすっかりお決まりの流れとなっている。

「転校したときはとても心配だったのだけれど、今ではもうすっかり皆さんと仲良くなったのよ！」

「そうなのですか？　お早いですね」

「ええ。クラスのほとんどの方と、仲良くなれたかしら？」

小首を傾《かし》げながらさらっと言ってのけたが、実際はかなりとんでもないことなのではないだろうか、と華弥は内心思った。

しかしそれも含めて、美幸の性質なのだろうか。確かに人を惹《ひ》きつけてしまう独特の雰囲気と、まるで童《わらべ》のような無邪気さ、それでいてなんでも言うことを聞いてあげてしまいたくなるような愛嬌《あいきょう》という、一見すると両立しなそうな要素を持ち合わせている。

そんな美幸の魅力に、華弥もすっかりとりこになっていた。

そんな美幸が顔を曇らせる。

「けれどね……わたくしを嫌ってくる方もいるのよ」

「……そうなのですか？」

「ええ。それなのに、ご自身では絶対に何もしてこないのよ？　いつもご友人にやらせているの」

「……それは、友人というより体のよい手駒として扱われているのでは……」

「そうなのよね。だから、都合が悪くなったら切り捨ててしまうの。不憫《ふびん》だから、わたくしは手を差し伸べるのだけれど……彼女はきっと、ご自身の選択が悪手だということを、ご存じないのでしょうね」

そう言い、美幸は目をすがめる。

こういう発言を聞いていると、梅之宮美幸という少女が歳《とし》相応の少女なのではなく、現《あら》人神《ひとがみ》なのだと実感する。

だって普通なら、こんなふうに相手を許したりしないもの……。

悪人を裁き、しかし反省した人間を許して罪を清算する機会を与える。そして善人には施しを与える。

その行動は、ひどく神様らしい。

その上で猫のような気まぐれさで人を振り回すところも含めて、美幸は人の身でありながら神でもある生き方を忠実に体現していると、華弥はこの二週間で感じていた。

とは言ったものの、華弥が目にしたことがある美幸は、神様らしさよりも少女らしさが強いのだが。

そんなふうに話しながらも、華弥の手は止まらない。櫛《くし》を通し、指を絡め、髪を結う。

すっかり慣れた作業は、華弥にとって呼吸をするのと同じだった。

どんな着物も着こなし、どんな髪型も似合ってしまう美幸の髪型を決めるのは、毎回とても悩む。ただ今日は軽めにして欲しいとお願いされたため、首筋辺りで緩い二つのお下げを作るだけにした。髪飾りはなしだ。

そんな髪型でもさまになってしまうのは、美幸自身の見目が美しく、所作すべてが洗練されているからである。

美幸の膝の上でごろごろと喉を鳴らしながら撫《な》でられている愛猫・こまちの存在も含め

て、寫眞《しゃしん》にして飾っておきたいと華弥は思った。

こんな素晴らしい人が主人だなんて……本当に私って運がいいわ。

そう思いながらも、今頭を埋め尽くしているのは斎のことだ。

うーん……どうしたものかしら。

そうしていると、いつの間にか美幸の膝から降りていたこまちが、華弥の足をげしげしと叩《たた》いている。

こまちが何を求めているのか、この二週間ですっかり理解していた華弥は、美幸に断りを入れてからその場に腰を下ろした。

するりと膝の上に乗ってきたこまちに、華弥は動物用のブラシを道具箱から出すとその毛を梳《す》いていく。

美幸だけでなくこまちの毛を梳くのも、すっかり華弥の仕事になっていた。

猫はこういったことが苦手だと聞いたことがあったのだが、どうやらこの黒猫様は違ったらしい。

むしろ、最近は「梳かれて当然」みたいな態度なのだけれど……。

しかしそれも含めて可愛《かわい》いのでいいか、と華弥は思うことにした。

ちなみに白犬・千代丸《ちよまる》に関しても、華弥に一日一回はブラッシングをせがんでくる。ある意味、すっかり人気者だと言えるかもしれない。人気なのは腕のほうだろうが。

するど、美幸が振り返り、じいっと華弥のことを見つめてくる。

「……ねえ、華弥。いったい何を悩んでいるの？」

「……顔に出ておりましたか？」

「ええ」

「……申し訳ありません」

主人の前で別のことに気を取られてしまうなど、もっての外だ。華弥は猛省する。

しかし、そんな華弥を許した上で「何について悩んでいるの？　教えてちょうだい」と言ってくる美幸の慈悲深さに、華弥はさらに申し訳なくなった。

「その……大したことではないのです」

「そうなの？　でも知りたいわ」

「えっと……」

「……ね？　教えて？」

そんな形でやんわり、首を傾げながら言われると、言わないという選択そのものがなくなってしまう。

そんなわけで、華弥は白状することにした。

「その……斎さんのことなのですが」

「斎？」

「……最近、なんだか避けられているようなのです」

「……へえ？」

具体的に教えて？　と言わんばかりの目で美幸に見つめられた華弥は、経緯を説明する。

斎に会えなくなり始めたのは、華弥が梅之宮家に馴染《なじ》み始めてからだった。つまり、大体一週間前くらいだろうか。

ただそれは仕事が忙しいからだろうと、華弥はなんとなくそう思っていた。そもそも食事の席についていないことが多かったし、私室にはいつ行っても大量の書類が並んでいたので。

だが避けられていると判断したのは、ほんの三日前。

華弥が斎へのお礼として、「髪を梳かせてもらえませんか？」と提案しようと部屋に向かったときだった。

というのも、他の使用人たちへのお礼はきちんとしてきたのに、斎にだけまともなお礼ができていなかったのだ。

斎さんの助言があったから、今も気軽に話したり髪を結ったりして交友を深められるようになったのに……その当人にお礼ができてないなんて、不義理もいいところよね。

何より、華弥には実績がある。梅之宮家の使用人たちはたとえ男であろうが、髪を梳いてもらえるのを喜んでくれたのだ。

そう思っての行動だったのだが。

『僕なんかよりも、他の方にやってあげてください』

そう言われてしまった。

それから隙を見つけては何かにつけてお礼の話をしようとするのだが、斎はそのたびに上手《うま》くはぐらかしてくるのだ。昨日に至ってはそもそも姿すら見かけなくなってしまった。

それが三日も続けば、華弥とて斎が敢《あ》えてこちらを避けているのだと分かる。

そのため、華弥はここ数日、言葉では言い表しがたい気持ちを抱えながら日々を過ごしていたのだ。

……いや、どう考えてもそんなに避けるようなことじゃないと思うのだけれど⁉

美幸への説明を終えた華弥は改めて、そう思った。

華弥は、納得いかないことはとことんまで突き詰めて、納得できるところまで持っていきたいと思う性格をした人間である。

なので正直なところ、斎から避けられることに納得していないため、その辺りをもう少し突き詰めたいところだ。

これが赤の他人なのであれば華弥も放っておいたのだが、相手は腐っても夫、そして同じ主人に仕える仲間である。こんなことで不満を溜《た》めたくないのだ。

が、斎と腹を割って話すための方法が思いつかない。

「……というわけで、今困っているのです」

そう話せば、美幸はひどくにこにこした顔をして華弥のことを見つめている。

「へえ……ふうん？　あの斎が、そんなことを……」

興味津々、といった表情だ。

それから少し考えるようなそぶりを見せた美幸は、にやりと笑みを浮かべる。

そう。まるで悪戯《いたずら》を思いついた子どものような。そんなちょっと含みのある笑みだ。

「ねえ、華弥。わたくしにいい案があるのだけれど」

「は、はい」

「わたくしと華弥、そして斎で、一緒にお出かけしない？」

それは問いかけというよりかは、決定事項だった。


どうやら美幸は、即断即決する性格らしい。

華弥の了承を得る前に「すぐに外出しましょう！」と言った美幸は、その足で斎に同行を強制して、意気揚々と外出の予定をねじ込んでしまった。

屋敷《やしき》の使用人に街まで向かうための人力車を用意してもらっているところで、若干呆《あき》れた様子の斎が口を開く。

「……それで、美幸様。本日はどちらへ向かわれるのですか？」

「え？　知らないわ」

「……………」

それはそうよね。だって突発的に決まったんだもの……。

ちなみに華弥も、美幸が考えた作戦内容はまったく聞いていないため、この後何が起こるのかはさっぱり分かっていない状態である。そのため、珍しく笑みを崩して目頭を押さえる斎の様子に、少しだけ共感し同情する。

一方の美幸は、そんな斎の態度ですら面白いと言わんばかりに笑みを浮かべた。

「けれど、買いたいものは決まっているわ。素敵なハンカチーフを選びたいの！」

「ハンカチーフ、ですか……」

「ええ！　とびっきり仲良くなったお友だちがいるのだけれど、皆さんとお揃《そろ》いのハンカチーフを贈り合いましょうねってお約束したの。だから、素敵なものを選びたくって」

そう言い、美幸は華弥の腕を取る。

「ねえ、華弥。いいところを教えてくださいな！」

「は、はい……」

突如として話を振られ驚いた華弥だったが、しかし美幸の頼みを無下にするわけにはいかない。そのため、混乱のあまり停止しかかっていた頭をなんとか回す。

美幸様が行っても楽しめる場所で、尚且《なおか》つハンカチーフの品揃えがよい場所……。

そこまで条件を絞れば、向かうべき場所はただ一つ。

百貨店だ。

「百貨店はいかがでしょう？」

「いいわ、そこにしましょう！」

そう瞬時に言った美幸は、人力車が用意できるや否や、華弥の腕を引っ張って一緒に乗り込んでしまった。

「美幸様。華弥さんが緊張しています」

「あら、いいじゃない。ね？　華弥」

「は、はい……」

まさか否定するわけにもいかず頷《うなず》くと、斎が溜息《ためいき》をつきながらも首肯した。

「……分かりました。僕は後ろから別の人力車に乗ってついて行きますので」

「ええ。さ、行きましょ！」

美幸の一言で、人力車はゆっくりと動き始めた。

初春の温かい風が、体をよぎる。

冬場だと風が冷たく寒いが、これはなかなか快適だなと華弥は思った。何より街並みをゆっくりと眺められる。久々に外に出たが、相変わらず道には多くの人があふれかえっていた。その喧騒《けんそう》が、今はどことなく懐かしい。

そんな街並みを堪能《たんのう》していると、美幸がにこりと華弥を見た。

「ね、上手くいったでしょう？」

それが斎に関しての話だと気づいた華弥は、こくりと頷いた。

「は、はい……ありがとうございます……？」

一応礼を言ったものの、なんというか根本的な解決にはなっていないような気がする。

しかし今まであれだけ避けられていた斎と、美幸と一緒という条件下ではあるが話ができそうなのは、少しだけほっとした。

せっかく美幸様が用意してくださった機会だもの。どうして私を避けるのかだけでも斎さんに聞いておかないと。

そう思い、内心拳を握り締めた華弥だったが、そこで美幸に対する斎の対応が少しばかり砕けていたことが気になった。華弥の記憶が正しければ、斎は誰に対しても礼儀正しくやわらかな笑みを浮かべ、それでいてどこか一線を引いているふうに見えたからだ。

その違いに、華弥は純粋に「斎さんのことを、もう少しだけ詳しく知りたい」と思う。

そして、それを知っているのは美幸なのではないかと考えた。

「……斎さんは、美幸様にどれくらい長くお仕えしているのですか？」

思わずそう口にすれば、美幸はきょとりと目を丸くする。

「どれくらい……？　うーん……生まれたときにはもう、側にいたかしら？」

「そ、そんなに……」

「ええ。だからどちらかというと、家族みたいな存在かしら。……それにしたって、まるで小姑《こじゅうと》のようにうるさいと思うけれど」

だがそう言う美幸の顔には、笑みが浮かんでいる。それだけで、美幸が決して斎自身を嫌っているのではないことが容易に分かった。

そのことを微笑《ほほえ》ましく思ったとき、人力車を引いていた車夫が「到着しました」と声をかけてくる。

見上げればそこには、石造りの美しい三階建ての建築物が鎮座していた。

他の建物と比べてもいっとう高く大きな建物には、たくさんの人が出入りしている。

これが、百貨店だ。

餅は餅屋という言葉からも分かる通り、十数年前までこの国には専門分野別の個人商店が軒を連ねていた。

それを一つにまとめたものが、百貨店である。

輸入品も多く庶民だと手が出ないような高級品もあるが、何から何まで一つの建物内にあるということから、利便性はかなり高い。華弥も、路子《みちこ》から「美容関係の流行を掴《つか》むには、百貨店の陳列窓《ショーウィンドウ》を見るのが一番!」と言われているので、そこそこ馴染みのある場所だった。

しかし美幸はどうやら初めて見たようで、瞳を丸くしてキラキラした視線を向けている。

「ここが百貨店なのね！」

「はい」

「色々見て回りましょうねっ！」

そう声を弾ませる美幸に頷いていると、すっと誰かが近寄ってくる。

「美幸様、華弥さん。お手をどうぞ」

斎だ。どうやら先んじて降りたらしい彼は、すっと手を差し伸べてくる。

それにありがたく乗っかり、華弥は美幸に続いて人力車から降りた。

人混みを気にしつつも中へ入れば、和洋折衷の装飾が施された店内が見える。

「わあ……とっても素敵」

純粋に楽しんでいる様子の美幸を見ていると、なんだか微笑ましくなった。

とてもではないが、神様という存在には見えない。だからか、華弥はいまだに現人神《あらひとがみ》という存在がなんなのか、把握しきれていないところがあった。

だってこの姿だけ見ていれば、少しおてんばな歳《とし》相応の少女にしか見えないからだ。

「まず、目的のハンカチーフを見に行きましょうか」

「ええ！」

そうして訪れたのは、服飾品や雑貨が置いてある場所である。

流行のパラソルからショールといったものはもちろんのこと、宝飾品も並ぶ場所だ。ハンカチーフもここに置かれている。

店頭にくれば、ガラスの陳列窓《ショーウィンドウ》にパラソルや帽子といったものが飾られていた。

「とっても綺麗《きれい》ね……自分から店に足を運ぶなんてこと、初めてだったけれど、これもこれで面白いわ」

興味津々といった目で陳列窓《ショーウィンドウ》を覗《のぞ》きつつ、三人はハンカチーフの売り場へ。

ハンカチーフ、と一口に言っても、素材が様々にある。木綿、麻、絹などが主流だ。殿方が背広のポケットに忍ばせたりすることが多いが、お金持ちの家だと手拭いよりもハンカチーフを使用することが多くなっているとか。

婦人や令嬢たちの間では最近だと、縁にレースを使ったものが人気だった。

「うーん、どれもあまり変わり映えしないのね……」

美幸がそう睨《にら》みつけているのを見て、華弥は苦笑する。

「そうですね。どうしても白が多いので……レース部分が若干違いますが、それにも限度がありますし」

「最初の贈り物なんだもの、特別なものがいいの……」

そう言って真剣に悩む姿は、とても可愛《かわい》らしい。

そんな姿に癒《いや》されつつも、華弥は主人に対して失礼だなと思い表情筋を引き締める。

そこで華弥は、あることを提案した。

「でしたら、ハンカチーフの縁に刺繍《ししゅう》を入れるのはいかがでしょう？」

「刺繍？」

「はい。最近は外国語を習っている方が多いということもあり、相手のお名前をアルファベットにした文字を入れるのが流行《はや》っていると聞きました。相手のことを思って縫い取ったものは、かけがえのない贈り物になるかと」

「……でもわたくし、刺繍は上手《うま》くないの」

それを聞いた華弥は、心の底からやってしまったなと思う。

「あーえーっと……大切なのは、お気持ちですし！」

「………」

「そ、それに刺繍でしたら、私が代わりにできますので……！」

そうなんとかとりなそうとしたが、一方の美幸は一つ二つと頷くと「やるわ」と拳を握り締める。

「苦手、だけれど……初めてのお友だちなんですもの！　わたくしがやります！」

「……分かりました。もしものときはお手伝いしますね」

「ええ！　お願いね、華弥！」

その眩《まぶ》しいまでの笑みに、華弥は思わず目を細めた。

まだ仕えたばかりの新米だが、この笑顔を守りたいと思う気持ちは、華弥も同じだ。そのため、華弥のほうも張り切る。

商売上手なのか、刺繡糸もちゃっかり置いてあったため、友人の印象に合わせた色を選びつつ、ひとまず本来の目的であるハンカチーフの購入は終わった。

そのことに安堵《あんど》していると、美幸は「わたくし、パラソルが見たいわ！」とせがんでくる。どうやら目的のものを買い終えた上で少し場所に慣れたということもあり、好奇心が湧いてきたようだ。

すると、今まで静観していた斎が眉を八の字にして笑みを浮かべる。

「美幸様。あまり華弥さんを困らせてはいけませんよ」

「……あら、そんなことないわ。ね、華弥」

「はい」

「それに」

華弥の手を引きながら、美幸は口端《くちのは》を持ち上げる。

「華弥のことを本当に困らせているのは、いったいどこの誰かしら？」

そう言う美幸の目は、笑っていなかった。

雲行きが怪しくなってきたやりとりに、華弥が冷や汗を流す。

あ、あの、ちょっと待ってください……私は確かに避けられている理由を知りたいとは思っていたのですが、こういう形でギスギスしたいとは思っていないのですが……!?

一方の斎は、笑みを崩さないまま首を傾《かし》げた。

「華弥さんを困らせているのは僕だとでも言うのですか？」

「どうだと思う？」

「………………」

「わたくしから言えることは、そこまでしておいて今更引くなんて愚かなこと、どうしてできるのか……ということかしら」

「……それは」

「わたくしなら、本当に大事だと思っているのであればそんな中途半端なこと、絶対にしないもの」

「……っ」

「それとも覚悟が決まっていないの？　この期に及んで？　なおのことあり得ないわ」

何やら華弥が確実に関係しているが、華弥には分からない言葉が二人の間で交わされている。

ただ確かなのは、この場において主導権を握っているのが美幸で、斎が少なからず、美幸の言葉を図星だと思っている、ということだろうか。

斎の表情をこっそり観察していた華弥は、そう結論付ける。

すると美幸はそれで満足したのか、華弥の手を引いて「せっかくだし、お着物も見たいわ」と言ってきた。

華弥は斎のことを気にしつつも、美幸の言葉を拒否することもできず頷《うなず》く。

「はい。でしたら、三階に参りましょうか」

＊

それから夏物の反物を見て、美幸が気に入った着物を仕立ててもらう手筈《てはず》を整え、そしてその夏着物に合うパラソルを購入してハンカチーフとともに受け取ってから、三人はようやく帰路についていた。

もともと、外出した時間が昼過ぎだったということもあり、空はすっかり黄昏《たそがれ》色に染まっている。

行き同様、美幸と同乗する形で人力車に乗った華弥だったが、正直いつになく疲れていた。

だって……美幸様と斎さん、あのやりとりからギスギスしているんですもの……。

二人は表立って対立している感じではないのだが、会話が極端に少ないし、何より言葉に含みがある。

そして、その原因が華弥自身にあるというのが、これまた胃にくるのだ。

美幸のほうはそれを何一つとして悪いと思っていないふうだからか、より華弥の中の罪悪感をあおった。そのため、なぜ華弥のことを避けたのか聞けるような状況でもなく。

無事に梅之宮家の屋敷《やしき》に到着した瞬間、華弥はようやく人心地ついた。

生きた心地がしないというのは、こういう状況のことを指すのね……。

大変学びになった。とりあえずもう二度と、こういう、よく分からない板挟みには遭いたくない。

そう思っていたのだが。

人力車から降りた美幸は、あろうことか華弥と斎にこんなことを言ってきた。

「そうだわ。ねえ、華弥」

「は、はい。なんでしょうか？」

「今度、このハンカチーフを贈るお友だちをお茶会に招待するつもりなの。それでね？ あなたには彼女たちのためにおもてなしをして欲しいのよ」

「おもてなし……ですか」

「ええ」

と言われたが、華弥はあくまで一介の髪結い師だ。そういうことは女中頭の巴《ともえ》の領分ではないか。そう思ったのだが、美幸はそれを見抜いたように口を開く。

「巴はもちろん優秀だけれど、今時の流行りを知っている感じじゃないの。それに、巴も納得して華弥に任せると言っていたわよ？」

「本当ですか……？」

「ええ。ただ、せっかくならあなたの仕事を絡めたおもてなしがいいわ。彼女たちは最近のおしゃれに興味があるようだったから」

巴はあまり、他人への評価を口にしない。そのためどう思われているのか気になっていたのだが、どうやら大事な行事を任されるくらいには信用されていたようだ。

そのことに、少しだけ気分が高揚する。

何より、自分の得意分野で勝負していいと言われ、安心した。

その上で美幸は、斎のことを見る。

「もちろん、華弥一人にすべてを任せるつもりはないわ。……斎。あなたが華弥のことを補佐なさい」

「……美幸様、その役は巴さんでもよいのではありませんか？」

「外国の文化に憧れている子たちだから、お菓子もそういうのにしたいの。そういう意味では、斎が適任じゃない。甘いもの好きだから得意でしょ、そういうの」

「それ、は……」

「それに、事情が事情だから外出する機会も増えるわ。華弥一人で外に出かけることになるわよ？　いいのかしら？」

華弥は思わず声を上げ、斎を見上げる。

すると斎は何やら言いたげな顔をしていたものの、このときばかりは美幸の命令に逆らうことなく「承りました」と答える。

そんな斎を満足そうに見つめた美幸は、「それじゃあね」と言ってその場から去ろうとした。

しかし何かに気づいたように声を上げると、華弥のほうへ歩いてくる。

「華弥。これであなたの願い、叶《かな》えられたかしら」

「え」

「それと、これは助言よ。梅景《うめかげ》斎の心を開かせたいなら、決して引いてはだめ。押して押して押して、ひたすらに叩《たた》いて、こじ開けて、摑《つか》み取って——離さないで」

そう囁《ささや》く美幸の瞳が一瞬だけ、まるで水面を覗いたかのような青に見えた気がした。

しかしそれも文字通り一瞬。華弥が言葉なく固まっていると、その肩を美幸が叩く。

「それじゃあ、また夜ね！」

美幸に耳打ちされた言葉を頭の中で反芻《はんすう》してから、華弥は内心叫んだ。

願いの叶え方、斜め上ではありませんか——!?

しかしその声は誰の耳にも届くことなく、華弥の心中にのみ響いたのだった——

＊

翌日の昼過ぎ。

美幸からお役目を授かった華弥は、斎とともに再び外へやってきていた。

と言っても、今回の行き先は百貨店ではない。商店街だ。

華弥側の目的は、最近の流行を摑むこと。また、小物などの商品を物色することだ。

そして一緒についてきた斎の目的は、華弥の補佐と同時にお茶会で出す茶菓子を物色することである。

やることは多いが、美幸のお茶会は来週末に開くことになっている。うかうかしていられない。

この辺りは流行の移り変わりが早いので、定期的に見ておかねば乗り遅れてしまう。

それもあり、華弥も美幸に仕える前は空き時間を見つけて、定期的に市井を見て回っていたものだ。

しかし最近は忙しかったのと、屋敷に慣れるまでに時間がかかってしまったのとで、屋敷にこもりきりだったのだ。

だが美幸が友人を招き、その手伝いを華弥にもお願いしたいと言われてしまえば、気合を入れるしかない。

なので美幸の午後の髪結いを終えてから、こうして斎とともに出てきたというわけだ。

途中まで人力車を使って到着したのは、華弥がよく利用していた商店街だった。

外国から入ってきたものも多く出回り、人も活気があふれていてめまぐるしい区画だ。

人力車だけでなく馬車も往来を走り、その間を人々が行き交う。最近では自動車という海外から持ち込まれた箱型の機械などもよく見かけるようになった。これぞ帝都だと言える光景である。

道には背広を着た紳士も多く、またおしゃれに洋服を着こなしている婦人などもいる。かと言って、着物の女性たちも負けてはいない。昔と違い色鮮やかな布地に洋花を描いた着物を着ていたり、縁にレースのついた春色のパラソルを差していたり、大きなリボンを髪飾りにしていたりする。

皆思い思いにおしゃれを楽しんでいるのが分かり、華弥も嬉《うれ》しくなった。

同時に、素敵な服を着ている人を見るとどうしても、自分ならばどうするかと思ってしまう。

どんな髪型がいいか、どんな髪飾りが合うか。また、どんな小物が合うか。そう思いながら考えこんでいると、ふと肩を引き寄せられる。

「危ないですよ、華弥さん」

その言葉通り、華弥の横を馬車が通り過ぎていった。

一瞬固まってしまった華弥だが、すぐに斎から距離を取ると、頭を下げる。

「ありがとうございます、斎さん。お手数おかけいたしました」

「いえ、当然のことをしたまでですから」

そんなやりとりをしたものの、大変気まずい空気が二人の間に流れている。

というのも、当たり前だが、昨日のことが尾を引いているのだ。

華弥としては、美幸によって決行された斜め上の方法と荒療治だったとはいえ、自身が「斎と腹を割って話したい」と願ったがために、美幸があのような行動を取ったのだという負い目がある。そしてそのせいで、斎が少なからず傷ついたということも分かっていた。なのでなんとも言えず、拙い態度を取ってしまう。

一方の斎も、いつになく緊張したふうだった。笑みはいつも通りだが、どことなく影を感じる。それを判断できるくらいに、華弥は斎の表情の違いを観察していた。

それでもなんとか斎とともに外出することができたのは、ひとえにこれが「仕事」だったからだ。

最初に向かった先は、華弥が贔屓《ひいき》にしていた小間物店だ。

「澄江《すみえ》さん、久しぶりです」

「お、華弥ちゃんじゃない！　お久しぶりね！」

そう明るく答えてくれたのは、小間物店の店主・澄江だった。

五十代ほどの女性で、母の代から仲良くしてくれている人だ。

というのも、髪結い師というのは客の髪を結うついでにいくつかの商品も持っていき、その場で営業をすることがある。それもあり、髪結い師と小間物店は仲が良かったりすることが多いのだ。

またこの小間物店では、西洋の化粧品を含めた様々な日用品や小物が売られている。こまごまとした装飾品――特に帯留めを集めることが趣味である華弥は、個人的にも活用していた。

そしてこういった場所で見つけた商品をきっかけに、いい職人を見つけ出すこともある。最近の流行を知りたかったのもあるが、美幸の今後のためにもいい職人を見つけておきたかった。それが、小間物店に立ち寄った理由だった。

何より、店主の趣味がいい。そして話が合う。

店に通うようになる理由など、それくらいなものだろう。

そんな澄江は、斎のことを見るとにんまりと笑う。

「あ、彼が例の旦那さん？」

「はい。斎さん、といいます」

軽く紹介すると、斎は人の好《よ》さそうな笑みを浮かべてぺこりと頭を下げた。それを見た澄江は、華弥のことを肘で小突きながらからかう。

「へえ。格好いい旦那さんじゃないか。どこで知り合ったの？　仕事関係？」

「えっと……まあ、そういうものです」

「なんだい、そういうものって」

馴《な》れ初めなんてそもそもなく母が決めた結婚相手だったが、ただでさえぎくしゃくしている斎とこれ以上こじれたくなかったため、華弥は早々に話を切り替えた。

「それより澄江さん。最近、何かいいの入りました？」

「お。あたしのおすすめはね、このつまみ細工の簪《かんざし》かな」

そう言うと、澄江は待ってましたと言わんばかりに、引き出し付きの簞笥《たんす》から桐箱《きりばこ》に入った簪を取り出した。

蓋を開けば、そこには見事な桜のつまみ細工が収められている。

「これは……とても美しいですね」

本物と見間違えるほど精密に作られたそれに、華弥は思わず感嘆の息を吐いた。

薄紅の絹布を絞り、花芯近くの布を着色してある。その繊細なほど透けた布を五つ集め、糊《のり》で貼ってあることが分からないくらい綺麗《きれい》に処理していた。花芯部分も一本一本黄色く染色したものをつけており、それがまた本物らしさを引き立てている。

何より驚きなのは、その花弁一枚の小ささだろう。華弥が今まで見たつまみ細工の中では、一二を争うくらい本物に近づけた品だった。

これを挿した美幸を想像してみる。それはそれは絵になることだろう。華弥は思わずうっとりした。

華弥は、澄江に食いつく。

「こんなに精巧なもの、いったいどなたがお作りになったのですか!?」

「はは、華弥ちゃんならそう言ってくれると思った。これはね、小野寺《おのでら》さんところの工房で作ったものよ」

「小野寺さんですか……」

「そう、確かそこの新人が作ったって言ってたかしらね」

つまみ細工の起源は、宮中の女官たちが趣味で楽しんでいた技法から生まれたとか、とある職人が奥さんの古着を使って編み出したとか、色々なことが言われている。

いずれにせよ、前時代から爆発的に広まったもので、摘《つま》み師と呼ばれる専業の職人たちが代々その技法を受け継いできた。

また可愛《かわい》らしく着物に合わせやすいこともあり、つまみ細工を用いたものは今でも女性たちに人気のある簪だ。

最近は洋服にも合わせやすいように、とこうしてひとひねりしたつまみ細工の簪も増えてきていて、華弥も大変楽しい。

ただ、桜もいいけれど……できることなら梅も欲しいわよね。

巴から話を聞いたところによると、神族の家系は皆植物の名前を冠することが決まっているのだという。どれくらい重要かというと、家紋にその花が使われるくらいには象徴的なものなんだとか。

そのため梅は、梅之宮家を象《かたど》った花と言える。なので気に入った製法で作られた髪飾りがあるなら、たとえ時季外れだとしても一本持っておくのがよいだろう。華弥はそう判断した。

「あの、澄江さん。こちらの職人さんの住所を教えていただくことは、可能でしょうか？」

「もちろん。華弥ちゃんは相変わらず、職人さんに会いに行くのね」

「やはり直《じか》に話をするほうが、楽しいので」

特に美幸は、れっきとした華族令嬢だ。簪一つとっても、既製品よりも誂《あつら》え物のほうがよいだろう。髪が重要だというならなおさらだ。

念のため、斎のそばに寄り「これから職人さんのところへ行こうと思っているのですが……大丈夫でしょうか？」と声をひそめて問いかけたが、彼は少しだけ身を硬くしてから頷《うなず》く。

「分かりました、行きましょう」

「はい。ありがとうございます」

先ほどよりも力まないやりとりができたことに、華弥は少なからずほっとしていた。

そんな華弥を見てにこにこしていた澄江は、ふと思い出したように華弥のことを手招きする。

斎に「自由に見ていてください」と言ってから澄江のほうへ向かえば、彼女は棚から一つの装飾品をつまみ上げた。

「華弥ちゃん」

「なんでしょうか？」

「これなんだけど、どう？　華弥ちゃんの好みに合うかなと思って、取っといたやつ」

「……帯留めですか？」

「そう。獅子《しし》を模した陶器の帯留め。可愛いでしょう？」

華弥はそれを持ちあげ、一つ頷いた。

可愛らしいという形容が似合う、ぽってりとした帯留めだ。生成りっぽい色をしており、それが独特のぬくもりを醸し出していて素直に好きだなと思った。

何より、獅子なのに怖いどころか可愛いと思ってしまうその形がいい。その凶相で悪いものを撥《は》ね除《の》けるために魔《ま》除《よ》け、厄除けの意味もある獅子をこうも可愛らしくするのは珍しいのもあり、華弥はこれを作った職人の顔が見てみたいなと思った。

美幸様がお使いになられてもいいだろうけれど……でも私が欲しい。

それに何より、美幸がつけるならば陶器ではなく、赤珊瑚《あかさんご》などを使った高価なもののほうが相応《ふさわ》しいとも思った。そしてやはり獅子は怖くなくてはならないし、正直、これはお値段を見ても安すぎる。

いやいや、ならそもそも手に取るべきじゃないでしょう、今日は主人のことを第一に考えるべきでしょう、と華弥は心の中で葛藤し、ひとまず諦めることにした。

今、持ち合わせがないし……。

澄江は好意からか「取っておこうか？」と言ってくれたが、これ以上一人の客のために売らない商品を置いておくのは、澄江のためにならないだろう。そのため首を横に振る。

「ありがとう、澄江さん。今度来たときにまだあったら買うわ」

「そう……華弥ちゃんは真面目ね。旦那さんにでもねだったら？」

「……それは……ちょっと……」

斎はきっと、頼めば買ってくれる。恐らくそういう人だ。

しかし個人的な理由でそれを頼むのは、はばかられた。だって契約上の夫婦であっても、本当の夫婦ではないのだから。

それから一通り小間物店を物色した華弥は、美幸に似合いそうなものを一通り購入する。

これらはすべて美幸のものなので、梅之宮家の資金が使われる。そのため会計はすべて斎持ちだ。そんな彼に「先に出ていてください」と言われ、お言葉に甘えることにした。

だって、これ以上ここにいたら、欲しいものがもっと増えていきそうだもの……。

何より名残惜しいのはやはり、あの陶器でできた獅子の帯留めだ。手持ちを持ってくればよかった、と心の底から後悔する。

しかし今は仕事である。美幸がせっかく任せてくれたものなのだから、自分の欲を優先させずに頑張らねば。

そう小さく気合を入れ直した華弥は名残惜しい気持ちを振り払いつつ、これから向かう件《くだん》のつまみ細工を作っている職人に思いを馳《は》せたのだった。

「……あの、すみません」

「はいはい」

「先ほどの帯留めも、一緒にいただけませんか？」

背後で、そんなやりとりが繰り広げられていることを知らずに。

どうやら密《ひそ》かについてきていた使用人に、先ほど購入した物を渡して身軽になった二人は、宣言通り件のつまみ細工職人がいる工房に足を運ぶことになった。

工房があるのは、この辺りでも下町と呼ばれる区画だ。

職人たちが住む大小さまざまな建物が立ち並ぶということもあり、人通りはさほど多くない。しかし何かを作る音や声が響くこの区画を、華弥は気に入っていた。

つまみ細工職人の工房は、この区画の中でも大きめの、二階建て建築だった。

「ここですね」

「そうみたいですね」

そんなやりとりをした後、華弥は躊躇《ためら》うことなく玄関の前で「ごめんください！」と大声を上げる。

斎はそんな華弥の行《おこ》ないに驚いていたが、庶民の間では当たり前だった。というより、庶民の家には呼び鈴なんて大層なものはついていないし、事前に連絡を入れなければ会ってすらもらえないなんていう文化もない。

特に職人さんというのはあまり交流をしたがらないため、会いたいのであれば自ら足を向ける他ないのだ。逆に事前連絡など入れたら、何かと理由をつけて断られるのが関の山だろう。

というわけで、何回か声を上げてみたのだが。

少しして奥のほうからバタバタという音が聞こえ、勢いよく引き戸が開かれた。

「す、すみません！　出るのが遅くなって……なにか、ご用でしょうか？」

そう言って息を荒くしながら出てきたのは、いかにも気の弱そうな青年だった。

歳《とし》は二十代前半ほどだろうか。癖のある茶髪はくたびれており、同色の瞳にも覇気がない。疲れているのもあるだろうが、自信がないのがありありと分かる雰囲気を醸し出している。

しかし華弥と斎の姿を認めるや否や、言葉遣いを正したところを見るに、相手の身分を服装と雰囲気で判断できるだけの目はあると、華弥は瞬時に判断した。

相手が若干怯《おび》えているのを確認した華弥は、警戒心をほぐす意味も込めて懐から桐箱を取り出す。

箱を開ければそこには、先ほど購入したつまみ細工の簪が鎮座している。使用人には渡さず、あらかじめ抜き出しておいたものだった。

それを見た青年の顔色が変わる。

華弥はにこりと微笑《ほほえ》んだ。

「初めまして。私は梅景華弥と申します。こちらは、私の夫である斎さんです」

ひとまず自己紹介。そして簡潔にここへ来た経緯を説明する。

「こちらを、小間物店で購入しました。素晴らしい出来栄えでしたので、ぜひお話しできないかと思いまして。……いかがでしょうか？」

華弥の申し入れに、青年はしばし固まった後、盛大に慌て出す。

「あ、えっと、わわ、わかりました！　し、ししししおまち、ちをっ！」

青年が引き戸を閉じると、それからどったんばったんと何かがひっくり返るような音が聞こえ、続いて怒鳴り声が聞こえた。

「……大丈夫なのでしょうか？」

「……おそらくは……」

斎共々、中の様子を心配していると。

がらりと、戸が勢いよく開け放たれる。

出てきたのは先ほどの青年ではなく、五十代ほどの男性だった。白髪交じりの髪を刈り上げていることもあり、さっぱりとした印象を受ける、小柄な人だ。

彼は華弥たちを見ると、人の好《よ》さそうな明るい笑みを浮かべた。

「うちの弟子がすみませんでした。どうぞ、中へお入りください」

この工房の親方である小野寺に案内されたのは、こぢんまりとした居間だった。畳の上にちゃぶ台が一つ、あとは棚があるだけの簡素な場所だ。

「すみませんね、人を通せるのはここしかないもんで」

「いえ、ありがとうございます」

小野寺は頭を下げながらも、華弥たちの分の座布団を用意してくれる。それに遠慮なく座ると、斎もそれにならった。

慣れていない斎の様子に、笑みがこぼれそうになる。しかしそれを表に出すのは失礼なので、なんとか誤魔化した。

すると、先ほどの青年がお盆に湯呑《ゆのみ》を二つ載せて運んでくる。

なんとかちゃぶ台の上に湯呑を載せていたが、緊張のせいかぶるぶると震えていた。

それを見届けて、小野寺の横に青年が座ったのを確認してから、華弥は本題に移る。

「こちらを、先ほど小間物店で購入しました。一目見て気に入りまして。できれば、これと同じ製法の別の商品を作っていただけないかと思いまして……」

そう言うと、びくんと青年の肩が震える。

小野寺はそんな青年をたしなめるように、ごほんと咳払《せきばら》いをした。そして口を開く。

「別の商品と仰《おっしゃ》いましたが、どんなものをお求めでしょうか……？」

「はい。梅の花を模した簪《かんざし》を一つ、作っていただけないかと」

「梅ですか……」

「はい」

小野寺が若干警戒心をあらわにしているのを見て、華弥はもう少しこちらの情報を出そうと考えた。

「実を言うと私は、あるお家《うち》で髪結い師をしているのです」

「……それはそれは」

「はい。お仕えさせていただいているお家の家紋が、梅でして。これほど素晴らしい技で作られたものを、ぜひ主人に使いたいのです」

　華弥が髪結い師だと明かしたからか、小野寺の態度が大分軟化する。

　ここだ、と華弥は思い、畳みかけることにした。

「初めて桜の簪を見た際、本当に素晴らしいと感じました。まるで咲いているようなみずみずしさ……そして花びら一枚一枚を表現するこの繊細さ。桜が持つ儚《はかな》い美しさをとても上手く表していると思いました」

「そんなに褒めていただけるとは……」

「はい！　ですからぜひ。……前金はお支払いいたしますので」

　できる限り冷静に、かつ熱意が伝わるよう、自分の気持ちを伝える。そのとき、華弥は小野寺にだけではなく、となりに座る青年にも語り掛けるように、視線を向けた。

　すると、少ししてから小野寺が青年に目を向けた。

「だ、そうだ。お前さんはどうしたい？」

「お、おれは……ぜひ、やりたいです。やらせてください……！」

「……というわけで。これを作ったのはこいつ……東堂《とうどう》なんです」

「素晴らしいお弟子さんですね」

「ありがとうございます。……おい、東堂。どんなものにするのか、話し合いな」

「は、はい！　かか、紙！　紙、持ってきます……！」

大慌てで駆け出す東堂と、それを叱る小野寺。そこには険悪なものなんて何もなくて。

ただ、弟子を応援する師匠の姿だけがあったのだった。

＊

時刻は午後五時過ぎ。この時季だともう少しで日暮れがやってくる時間である。

そんな中、華弥と斎は二人横並びになって話をしていた。

「いや、なかなか白熱しましたね〜！」

「白熱していましたね。華弥さんと東堂さんが、ですが」

「……ちょっと難しそうな注文も聞いてくださったので、つい」

華弥は申し訳なさのあまり、思わず顔を逸《そ》らす。

実際、盛り上がってしまったのは事実だ。さらに言うのであれば、当初予定していなかった形状を東堂側が提案してきたこともあり、華弥の想像力が爆発した。

結果、二人で顔を突き合わせ、具体的な構造をいくつも検討する形となったのである。

「……お菓子に関しても見るつもりでしたが、私のせいで見られませんでしたね。申し訳ありません」

そして、当初の目的から大きくずれてしまったことを謝罪した。

すると、斎は笑って首を横に振る。

「お気になさらずに。僕の用事は、明日でも問題ありませんし」

「……ですが……」

というより疑問なのだが、斎はなぜ華弥を止めなかったのだろうか。あんなやりとり、退屈で仕方がないだろうに。

そう思い問いかければ、斎が笑う。

「退屈だなんてとんでもないです。あれほど熱意をもって職務に当たる姿を見ていれば、退屈しようがありませんよ。それに華弥さんのお使いになられる話術も、僕としては大変興味深かったですし」

「……そうですか？　大したことなかったと思いますが……」

その場を思い出し、華弥は首を傾《かし》げる。

しかし斎は首を横に振った。

「僕だけなら、きっとあんなふうに上手《うま》くはいかなかったでしょう。最初から金銭の話を出してしまっていたでしょうし」

「あーなるほど……確かに最初に出すのはまずいですね」

こう言ってはなんだが、職人には大きく分けて二通りいる。

一つ目は、金さえ払えば大抵のことをしてくれる人。

そして二つ目は、金よりも情のほうを優先させる人だ。

そしてこういった下町の職人たちは、後者のほうが圧倒的に多い。

もちろん、金銭取引をするため金額は重要ではある。しかし最初から金銭をちらつかせると断られる可能性が高いことは知っていた。

端的に言うのであれば、「自分の作品の良さを分かっていない人間に売る商品はない」だろうか。

なので初手から金銭の話をするのは、基本的に悪手。最初は相手の作品を褒め、自分がどれだけその作品を欲しているのか熱弁し、最後に金銭問題を出してたたみかける。これが、華弥が母から教わった職人の攻略術である。

そう説明すると、斎はなるほどと興味深そうに頷《うなず》く。

「相手によって対応を変えるというのは、対話の上では常識ですが……実際の対応策を伺えると、試さなくてもいいので助かりますね」

「偉大なる先人たちの知恵に感謝、ですね」

「はい」

そう言い、お互いに顔を見合わせて笑う。

これ、いい雰囲気なんじゃないかしら……？

ふと、華弥はそう思った。

今なら、斎が華弥のことを避ける理由も聞けるかもしれない。

しかし。

「それに華弥さんの用事がこんなにも長引いたのは、美幸様を思ってのことです。むしろ一家臣としては、主人のことをそんなにも考えてくださること、誇りに思いますよ。……僕のほうの用事は、一人で行きます」

「え、あ、それは」

華弥の心を読んだように。斎はそう言って、明らかに一線を引いた。

いきなり突き放された華弥は焦ったが、斎はさらに突き放しにかかってくる。

「ご安心を。他の使用人たちと違って、僕は何度か帝都に来たことがあるんです。そのため、土地勘もあります。……なので、一人でも大丈夫です」

その言葉に、今日少しだけ縮められたと思っていた心の距離が、大きく離れてしまったように感じた。

まるで、水のようだ。

確かにそこにあったかと思えば、いつの間にか霧のようにどこかへ消えてしまう。だから摑《つか》めない。

どうしたらいいのか分からず、華弥は少し逡巡《しゅんじゅん》してから「分かりました」と了承する。

ここで無理強いするのは、よく……ないわよ、ね……？

そう思い、斎の言葉に敢《あ》えて乗ったのだが、もやもやした気持ちは晴れない。

――そしてそれは、帰宅して夕食を食べ、風呂に入ってからも続いた。

悶々《もんもん》とした気持ちを抱えたまま私室に戻れば、文机《ふづくえ》の上に見慣れない木箱があることに気づく。

何かしら……？

思わず首を傾げ、恐る恐るそれを開けば。

そこには、陶器でできた可愛《かわい》らしい獅子《しし》の帯留めが鎮座していた。

小間物店で、華弥が購入するのを断念したものだ。

なぜ、どうして。

その疑問の答えなど、一つしかない。

斎が、華弥のために購入したのだ。

……あのとき、斎さんは近くにいなかったのに。

華弥も、できる限り声を抑えて話していた。それに気づいたということは、彼が華弥の様子を注視していたということである。

その上で、箱だけ置いてあって、なんの書き置きもない。

斎は、自身が購入したことを華弥に伝えるつもりがないのだ。それはつまりどういうことか。

感謝されようと思っていない、ということだ。

なんて自己中心的な考えだろう。こちらの気持ちを微塵《みじん》も考えていない。

瞬間、華弥の頭に天啓のように美幸の言葉が再生される。

『それと、これは助言よ。梅景斎の心を開かせたいなら、決して引いてはだめ。押して押して押して、ひたすらに叩《たた》いて、こじ開けて、摑み取って――離さないで』

――なるほど。これは確かに、美幸の言う通りだ。

「……そっちがその気なら。私だって、自分勝手に行動させてもらうわ」

そう呟《つぶや》き。

華弥は木箱に入った帯留めをそっと持ち上げると、一度ぎゅっと握り締める。決して壊れることがないくらい優しく、けれど落とすことのないくらいしっかりと。

そして再び箱に入れると、それを一番大事なもの――髪結い道具を入れる箱に、恭しく収めたのだった。

四章　髪結い乙女、初の大仕事に臨む

その日はなんてことはない、いつも通りの一日だった。

いつも通り仕事着として使っている紺色の着物に袖を通し、いつも通り自分の髪を梳《す》いて簪《かんざし》でまとめ。

いつも通り、主人である美幸《みゆき》の髪結いをする。

しかし、今日の華弥《かや》はいつもと一味違った。ありとあらゆる状況を鑑みて、対策を立てていたからだ。

──そして状況が動いたのは、午前十時頃。華弥がいつも通り、吉乃《よしの》たちと洗濯物を干していたときだった。

千代丸《ちよまる》が、ものすごい勢いで駆けてきたのだ！

「お、華弥ちゃん！　千代丸が来たよ！」

「ありがとう、千代丸！」

華弥が前掛けで手を拭い、頭を撫《な》でると、千代丸はその尻尾をちぎれんばかりに振って喜びをあらわにしている。

流石《さすが》、現人神《あらひとがみ》の家の愛犬である。圧倒的に賢く、何より頼りになる。

まさか、「斎《いつき》が外へ向かうのを見たら教えて欲しい」と頼んだことを本当に理解してくれるとは。

美幸も吉乃も「こまちならやらないけれど、千代丸ならやってくれる！」と言ってくれたが、実を言うとどうなるのかかなりドキドキしていたのだ。しかし千代丸がきちんと役割を果たしてくれたことに感謝する。

「千代丸。帰ったらいっぱい櫛《くし》で梳いてあげるわね……！」

「わん！」

「華弥ちゃん！　斎さん頑固だからかなり強敵だけど、頑張って！」

「はい！　行ってきます！」

華弥は吉乃を含めた女中たち全員の声援を受けながら、前掛けを外しつつ外へ向けて走り出した。

「――斎さん！」

屋敷《やしき》を出てから全力で走ったおかげか。華弥はなんとか斎に追いついた。

突如名前を呼ばれた斎は振り返り、ひどく驚いた顔をする。

「……え？　華弥さん……っ？　どうしてここに……」

「私も一緒に行きます」

「……え？」

速度を落とした華弥は息を整えつつ、にこりと微笑《ほほえ》む。

「だから。私も一緒に、お茶会で出すお菓子を探す、と言っているんです」

斎が、華弥が仕事をしているときに外出することは、彼の性格からして明らかだった。華弥が一番忙しいこの時間を敢えて狙ったであろうというところを見ても、意図的に避けている。本気で悪質なのでその辺りについても文句を言いたいところだ。

しかし華弥とて、それくらいは想定済みだ。なので先手を打ち、美幸と使用人たち全員に、朝一で「斎さんのことを手伝いたいんです。もし彼が外出したら、お仕事を中断しても構いませんか……？」とお願いをして回ったというわけだ。

そして千代丸に、斎が外出したときは知らせてくれと頼んだというのが、先ほどの一幕の真相である。

それを皆が快く受け入れてくれたことから、周囲が斎のことをどんな目で見ていたのかが分かる。

そう。この人は……優しいけれど、どうしようもなく頑固なのよ。

しかもたちの悪いことに、相手の喜ぶ姿は見たいけれど自分に対してのお礼はいらないと思っている、自己完結した性格の持ち主なのだ。なので一定の距離以上に相手が近づきそうになるとむしろ離れていくというのが、華弥が斎に抱いた所感だった。

その価値観がいったいどこから来るのかはさっぱり分からないが、正直に言おう。

自分勝手が過ぎる。

何より、こんなにもいい人たちに囲まれているのに独りぼっちでいるというのが、許せなかった。

契約上の夫婦とはいえ、私は斎さんの妻ですもの。絶対に独りになんかしてやるもんですか。

大切な人たちを喪《うしな》ってしまう悲しみと独りぼっちの寂しさは、華弥が何より知っている。華弥には路子《みちこ》を含めた仕事仲間やお客がいたため、それをまぎらわすことができたが、彼の場合違う。

望んで、独りになろうとしている。

まるで、それが正しいことであるかのように。

華弥はそれが気に食わない。行動する理由などそれで十分だ。

というわけで華弥は、美幸の助言通り押しまくることにしたのだった。

斎が動揺しているのをいいことに、華弥は斎の手を取る。

「さ、行きますよ！」

「え、あ……」

「それに斎さんは色々と言ってましたけれど、私のほうが帝都に関しては詳しいんです。

「さて、今日はお昼抜きですよ！」

そのまま斎を引きずるようにして華弥が向かったのは、芋羊羹《いもようかん》で有名な菓子司《かしつかさ》だった。

あんこ玉、練り羊羹、秋なら栗《くり》蒸し羊羹が美味《おい》しい店だが、今回の目的は違う。ここの喫茶店で食べられる「みつ豆」だった。

喫茶店の扉を開けば、女給が席へ案内してくれる。

女性ばかりの店内で斎の姿は物珍しいらしく、お客の視線がこちらを向いているのが分かった。

その中に顔を赤らめている女性もおり、華弥はああと思う。

斎さん、顔立ちはとても整っているものね。

しかしこの男、落とすのはなかなかに骨が折れるんですよ、と華弥は内心遠い目をした。

斎本人は、周りの視線など気にも留めていない様子で、物珍しそうに店内を見ている。

「来るのは初めてですか？」

「はい」

「ならよかったです。初めての味に出会えますね」

そう言って席につきつつ、華弥は早速みつ豆を含めた菓子をいくつか注文する。

それから少しして、女給がお盆を片手に菓子を運んでくる。

みつ豆は、この喫茶店の名物だ。

ゆでた赤えんどう豆、求肥《ぎゅうひ》、白玉団子、その季節の果物や干し果物が寒天に載っている甘味で、黒蜜をかけて食べる。今の時季の果物はどうやら、いちごと干し杏子《あんず》をシロップ煮にしたものらしく、つやつやとしたいちごの赤い色と杏子の橙色《だいだいいろ》がきれいだった。

華弥も路子に連れられて食べに来たことがあるが、色鮮やかな見た目で、赤えんどう豆の絶妙な塩気、寒天の食感と黒蜜の甘さ、そこに果物の新鮮な甘酸っぱさが加わり、ついつい匙《さじ》が進んでしまう甘味だ。

それが二つ、それぞれ華弥と斎の前に置かれる。緑茶の入った湯呑《ゆのみ》もだ。

女給はさらに、あんこ玉と芋羊羹、練り羊羹を真ん中に置いた。

その量に、斎が目を瞬《まばた》かせている。

「……華弥さんが召し上がるのですか？」

「え？　まさか」

華弥は大食いではない。みつ豆一つ食べれば十分である。

しかし、斎は違う。

「これは、斎さんの分です。かなり食べるほうだと伺ったので」

そう言えば、斎が驚いた顔をして華弥を見た。

普段、作った笑みを貼り付けている男の表情が変わるのは、なかなかいいものだな、と華弥は思う。

「私の奢《おご》りです。今まで、かなりお世話になっていますから」

「……それは……」

「それとも、私には何もさせてくださらないのですか？」

「……いただきます」

斎が何も言わずに菓子に手を付け始めたのを見て、華弥は内心拳を握り締めた。

そしてその顔が綻んだことに、不意打ちを食らう。

甘い物、本当に好きなのね。

みつ豆があっという間になくなり、他の皿も空になっていくのを見ているのは、なんだか清々《すがすが》しい。

普段は他人と距離を置いているこの人の素の反応が見られた気がして、華弥の顔も思わず緩む。何より、普段よりも少し幼く見えるのがなんというか可愛《かわい》らしかった。

美幸といい梅之宮《うめのみや》家の血筋には、そういう二面性のようなものが織り込まれているのだろうか。

そんなどうでもいいことを考えつつ、華弥もみつ豆を口に運ぶ。馴染《なじ》み深いのに、どこか新鮮に感じるのは、その取り合わせゆえだろうか。

そう舌鼓を打っていると、斎が真面目な顔をしている。

「これならば、うちの料理長でも再現できそうですね……」

「……再現、ですか？」

「はい。美幸様が口にされるものは、基本的に信用に足る人間が作ったものに限りますので……」

言われてみれば、美幸が外食をしている姿を見たことがない。女学校にもお弁当を持って行っているのはそのためだったのか、と華弥は納得した。

「ですが、これを再現できるのですか？」

「はい。僕は、一口食べれば、何が入っているのか分かりますので」

まさかの特技に、目を見張る他ない。

「つまり斎さんが新しい味に遭遇すればするほど、美幸様も新しい味に出会えるということですね」

「そういうことになりますね」

「ならこれからも、斎さんを色々なところに案内しないといけませんね」

直接的に「これからも斎と出かける」という発言をすれば、彼の顔が固まる。

それから少し寂しそうに、けれど困った笑みを浮かべて、斎は言った。

「……そこまでしていただく必要はありませんよ」

「美幸様のためだとしても？」

「はい」

「そうですか……ですが私は自分勝手なので、これは決定事項です」

「……え」

まさか、華弥にそう断言されるとは思っていなかったのだろう。斎が動揺した表情を見せる。

瞬間、華弥の脳裏に「押して押して押しなさい」という美幸の声が聞こえた気がした。

華弥は真っ直《す》ぐ、斎のことを見つめる。

「斎さんは私のことを避けているようですが、私は諦めませんよ」

だから華弥ははっきりと、そう告げた。

笑顔ではぐらかし続ける斎に、対抗するために。

「私はあなたの妻です。ですから……勝手に独りぼっちにならないでください」

びくりと。斎が言葉もなく震えたのを見て、華弥は今日はこの辺りにしておこうと思う。

なんせ、まだまだ時間は山のようにあるのだ。

斎の性格からして、華弥がついて行くと言い張ればそれを拒んだりはしない。それは彼が、嘘《うそ》を吐くことができないからだ。

だって斎は美幸に一番愛されている忠臣だから。

『現人神の場合、そもそも嘘を吐く必要がありません。ですが神族の場合、現人神からの寵愛《ちょうあい》をなくさないために、嘘を吐けないのです。現人神《あらひとがみ》からの信頼を失ってしまいますので』

そうやって神族のことを教えてくれたのは、他でもない斎自身だ。

「さ、使用人の皆さんにお土産を買って、帰りましょう。他のお菓子はまた明日以降に」

「え」

「これから毎日一緒に帝都のお菓子巡りをしますから、そのつもりでいてくださいね」

そのとき見せた斎の途方に暮れた顔が、とても印象的だった。

＊

斎の私室にて。

なんとか部屋に辿《たど》り着いた部屋の主人——こと梅景《うめかげ》斎は、襖《ふすま》を閉めるや否やその場に座り込んだ。

ど、ど、ど、と心臓がいまだにけたたましく鳴っている。まるで別の生き物のように鳴り響くそれを片手で押さえながら、斎は大きく深呼吸をした。

「まだ……まだ、大丈夫です」

そう。華弥に触れたくてたまらなくなっているが。まだ理性でどうにかできている。なので大丈夫だと、自分に言い聞かせた。

何より、取り繕うことはずっと昔から行《おこ》なってきたお決まりのようなものだ。これくらいのことでその仮面がはがれることはない。同時にそれは、斎がそれほどの経験を積んできたということに他ならなかった。

それが、どれほどまでに血にまみれているのかを、斎は知っている。

何かを求めるようにして彷徨《さまよ》う手を握り締めると、斎は深く息を吐く。

いまだに、華弥が触れた場所に熱がこもっているようだった。

何より、あの目だ。

真摯でひたすらに真っ直ぐな、あの瞳。

あれを見ると、たまらなくなる。

だってあの目に、斎は心を摑《つか》まれたのだ。——それも、静子《しずこ》に華弥との結婚の話を申し込まれるより前に。

もちろん華弥は知らない。

そしてその事実を知る者は、もうこの世にいなかった。美幸は感づいているようだが、適当にはぐらかせばよい。

そう思っていたのだが。

自身の文机《ふづくえ》の上に載った桐《きり》の箱を見て、斎は自分でも驚くくらい動揺してしまった。

どうやら頼んでいた部下が置いて行ったらしい。蓋を開けばそこにはちんまりと、梅の花と蝶《ちょう》の飾りが見事な簪《かんざし》が鎮座していた。

葵木《あおき》家のような輩《やから》がまた現れないとも限らない。そういう意味もあり用意した虫よけ的なものだったが、簪を贈るのは本来、告白するのと同義である。

それを知った上で、今こんなにも華弥のほうから距離を縮めようとされている状況でこれを贈ることなど、斎にできるはずもなく。

彼は心の中で悲鳴を上げる。

何より困るのは、斎が華弥のことを本当の意味で拒否することができないことだ。

だって斎ははぐらかすことはあっても——嘘を吐かないのだから。

まさかそれがこんなにも致命的なことになるなど、いったい誰が想像しただろう。

そう思いながら、斎は簪の入った箱をそっと、懐にしまい込んだのだった。

＊

華弥が無理やり斎との距離を縮めた翌日以降、華弥は美幸や巴《ともえ》、また吉乃たち女中にも相談し、美幸の友人たちを招くための準備を進めていった。

当の斎とはいまだに距離を感じるが、こちらが躊躇《ため》らい諦めさえしなければなんとかなるという確信が、華弥にはある。

——そしてそれから十日経《た》った本日、午後。

美幸の友人たちが、遊びにやってきた。


『お邪魔いたします』


声を揃《そろ》えそう頭を下げたのは、美幸と同い年の少女二人だった。

それぞれ名前を、才野木琴葉《さいのきことは》、高重絹香《たかしげきぬか》という。

琴葉は子爵令嬢で、絹香は伯爵令嬢だ。

二人とも、今日は休日ということもあり、美しい振袖を着ていた。

琴葉のほうは柔らかい雰囲気をした茶髪をお下げにした少女で、桜と撫子《なでしこ》が描かれた象牙色の振袖を。

一方の絹香は吊《つ》り目で凛《りん》とした佇《たたず》まいの黒髪をひとくくりにした少女で、色とりどりの躑躅《つつじ》がめいっぱい描かれた紫色の振袖を着ている。

ただ二人とも髪は簪でまとめるだけで、今時ではないふうだった。

「ようこそおいでくださいました」

そう言って二人を出迎えた美幸も、梅と桜がちりばめられた真紅の着物を見事に着こなしている。帯は黒地に金糸をふんだんに織り交ぜた鮮やかなもので、美しい。

そして髪は、華弥が丁寧に結い上げたお下げ髪だ。幅の広い赤のリボンと梅のつまみ細工をバレッタに取り付けたものを飾りにして、編み込みを入れつつ一つにまとめている。

梅之宮家の家紋はその名前通り梅を模したものなので、それに見合う髪飾りを取り入れつつ、今時らしい可愛《かわい》らしさも出した渾身《こんしん》の髪型だった。

特にこのバレッタは、華弥が東堂《とうどう》に頼んで梅のつまみ細工をつけた簪と一緒に作ってもらったものだった。なぜバレッタなのかというと、話しているうちに白熱してしまい、東堂のほうから「ならこんなものもどうですか!?」と言われ、華弥が快くのっかったからである。

ただそれを「こちらが用意した専用の箱に入れて欲しい」と伝えたときには、不思議な顔をしていたが。

これに関しては私も驚いたのだけれど、神族の方の常識みたいなのよね。

注文品に関しては一律、そういった対策を取るそうだ。神力を込めてあるので、盗難されたた際は追跡ができるのだとか。

面白い仕組みだなと感心したものだ。

そんなことはさておき。

二人を案内したのは、梅之宮家の別館だ。

昔ながらの二階建て木造建築である本館とは違い、別館は西洋建築を基に作られたものとなっている。

そのため煉瓦《れんが》造りで、全面板張り。部屋にはじゅうたんが敷かれ、天井からはシャンデリアが吊り下がっていた。

華弥がここに入ったのはこれで三回ほどだが、相変わらず立派だなと感心する。それはどうやら美幸の友人たちも同じだったようで、物珍しそうに周囲を見て回っていた。

そして本日のお茶会会場である庭のテラスに出れば、大きな桜の木が植わっている。

そう。本日のお茶会は、花見も兼ねているのだ。

そんな会場を見た二人は、瞳をキラキラと輝かせて物珍しそうに辺りを見回している。

華弥はそんな女学生たちの可愛らしいやりとりを、屋敷《やしき》を案内する美幸に付いて眺めていた。

転校して今日で大体一か月経ったけれど……美幸様が学校生活を楽しまれているようで、良かったわ。

正直言って、華弥としてはそこが一番の懸念点だった。

なんせ美幸は、言葉遣いや立場を除けば普通の少女と変わらなかったからだ。

朝、昼、晩。計三回。

そのたびに、美幸は学校であったことや面白かった本、勉強、好きな食べ物、嫌いなもの……色々な話をしてくれた。

そのとき話してくれたことの大半は等身大の、少女らしい愚痴や悩みといったものだった。ハンカチーフを買いに行ったときに相談をされたのも、美幸が彼女たちのことを大切に思っているからだろう。

そんな美幸が、屋敷に連れてこられるくらいの友人を見つけられた。華弥はそれが嬉《うれ》しかった。

その上で華弥が学んだことは、現人神と言われる存在にも当たり前の生活があって、当たり前の悩みがあって、当たり前の幸福があるということ。

それもあり華弥は今日のお茶会で、美幸がそんな当たり前の幸福を得られるのを見たいと思っていた。

――だから。

「美幸さん！　ここからの景色、すごいわ！　こんな立派な桜の下でお茶会ができるなんて、とっても素敵！」

「琴葉さん、そのようにはしゃぐなどはしたないでしょう？　落ち着いてくださいまし」

「ですが絹香さん、この景色ですよ？　落ち着いてなんていられないわ。ああ、紙と鉛筆を持ってくるんだった……」

「あら琴葉さん。もしよければ、わたくしのをお貸ししますわ」

「いいのですか!?　ありがとうございます！　美幸さん！」

ころころと鈴が鳴るかのように楽しそうな笑みを浮かべて話す少女たちの姿に、胸が温かくなるのを感じた。

よかった。とっても楽しそう。

それは他の女中たちも同じだったようで、気を引き締めてはいるもののどことなく表情が柔らかく見える。

あの巴ですらかすかに笑みを浮かべているので、相当だ。同時に、美幸がそれだけ使用人たちに愛されていることが分かる。

そう思いながら、華弥はお茶会を始める美幸の友人たちを観察した。

才野木様のほうは明るくおしゃべりで、高重様のほうは凛とした気の強そうなお嬢様、といった感じね。

この二人は、家の繫《つな》がりもあり元々仲が良く、女学校でも揃って行動していたそうだ。

転校初日の美幸に最初に話しかけたのも、彼女たちだという。

それから美幸がある女学生に絡まれるたびに、前に出て相対してくれたそうだ。

正義感が適度にあり、かといってそれにかこつけて取り入ろうとはしないその距離感を、美幸は気に入ったという。それからともに行動することが増え、今ではこうして一番仲良くする関係になった、と言っていた。

友人を一人作るだけでもそういったことを警戒しなくてはならないから、華族は大変だと華弥は思う。

思いつつ、華弥は自分の仕事でもある髪型に今度は視線を向けた。

髪型……美幸様からの事前情報通り、型にはまっている感じね。

どうやら二人とも、家の方針もあり、あまり自由に髪を彩れないのだという。どちらも由緒正しき公家《くげ》華族で、とても厳しく育てられているとか。

けれど、もっと流行に乗ったおしゃれをしたい。流行のものに触れたい。

そういう思いは、美幸の髪型を羨ましそうに見つめる琴葉の視線や、バターをふんだんに使ったビスケットを美味《おい》しそうにほおばる絹香の様子からも分かった。

紅茶の入ったカップをソーサーに置いた琴葉は、ほうと息を吐く。

「本当に、美幸さんのおうちはとってもハイカラなのね。羨ましいわ」

「ふふ。と言いましても、普段はわたくしも本館にいることが多いんですわよ。ですから、この洋館はあまり使いませんわね」

「あら、もったいない！　わたし、こんな素敵な洋館が我が家にあれば、絶対に入り浸ってしまいます」

「よかったらいつでもいらしてくださいな」

「ぜひ！」

そう会話が弾んでいたところで、美幸が話題を切り替えた。

「ああ、そうだわ。お二人とも、以前からわたくしの髪型が素敵だと仰《おっしゃ》っていましたよね？」

「ええ、今日も凝っていてとても素敵だわ！」

「髪飾りも本物のような梅で、お綺麗《きれい》です。我が家は父が厳しいので、いつでもおしゃれな美幸さんのことを羨ましく思っていました」

すると、美幸が背後にいた華弥に視線を向けた。

どうやら、近くまで寄っておいで、ということらしい。

緊張しつつも美幸の側に寄れば、美幸は笑顔で華弥の紹介を始めた。

「実を言うとわたくしの髪は、彼女が結ってくれているの」

「まあ」

「髪結い師をしていてね、わたくしの使用人のところに嫁いできて、わたくしの世話をしてくれているのよ」

「はじめまして、梅景華弥と申します」

美幸の視線に合わせて自己紹介をすると、琴葉が少しだけそわそわしているのが見える。

その様子に華弥はやはり興味があるのだな、と確信した。

絹香は琴葉よりも堅い印象があるが、琴葉と友人になれる程度には許容範囲が広いので、きっかけさえあればいけるはず。そしてそのきっかけとなりそうなのが、琴葉のほうだった。

しかしこの場で一番立場が低い華弥から口を開くわけにはいかないので、美幸に向かって微笑《ほほえ》むことで合図を出した。

すると察しの良《い》い美幸は、華弥の合図を受け取ると声をひそめる。

「ねえ、琴葉さん。よければなのだけれど……髪、結ってみない？」

「え！」

一度声を大きくした琴葉だったが、ハッとした顔をすると声をひそめる。

「け、けれど……お母様に怒られてしまうわ」

「なら、元通りにすればいいのよ。華弥、できるわよね？」

「はい、美幸様」

かなりじっと見ていたので、同じ髪型に戻すことなど簡単だ。一職人として、絶対だと保証してもいい。

そう自信満々に頷《うなず》けば、琴葉の表情がぱあっとはなやいだ。

「じゃ、じゃあ、絹香さんも一緒にやりましょう！」

「どうしてわたしまで……」

「だ、だって、ひとりだとなんだか不安だし。それに、絹香さんだってご興味あるでしょう？」

「……分かりました。やりましょう」

「やったわ！」

その様子を、華弥はほっこりしながら眺めていた。

しかしすぐにハッと我に返ると、あらかじめ用意してあった髪結い道具箱と、美幸の私物である髪飾りたちを持ってくる。

髪飾りを見せながら、華弥は微笑む。

「まず、才野木様から参りましょう。どちらの髪飾りをお使いになりたいですか？」

「そうね……これがいいわ！」

琴葉が選んだのは、薄紅色の布で作った薔薇《ばら》が可憐《かれん》なバレッタだった。

それを見た華弥は、琴葉のお下げ髪をそのまま生かそうと思い手を動かす。

三つ編み二本を交差させ、頭に巻く形でピンで固定。それから、下のほうにバレッタを留めた。

鏡を見せれば、自分の髪型を斜めから見た琴葉は目を丸くする。

「これ、わたしのお下げをそのまま使ったのよね？」

「はい」

「す、すごい……少し工夫をするだけで、こんなに可愛らしくなるなんて……」

頬を桃色に染め、しきりに自分の髪型を見つめる琴葉を見て、絹香もがぜん興味が湧いたようだ。その瞳が瞠目《どうもく》するのを、華弥は見逃さなかった。

「高重様、どちらの髪飾りが気になりますか？」

すかさずそう言えば、絹香は逡巡《しゅんじゅん》しながらも幅が広めの菫色《すみれいろ》のリボンを指差した。

華弥は素早く絹香の髪をほどくと、丁寧に梳《す》いてから髪の上部をまとめる。そしてすべての髪をまとめる形で一本に結んだ後、それで三つ編みを作った。

あとはその三つ編みをくるりと折り曲げて輪っかにし、根元で固定。髪の上部の結び目に菫色よりも濃い紫のリボンをつけ、三つ編みを留めた部分に菫色のリボンをつければ、完成だ。

マガレイトという名前の髪型である。

絹香にも同じように鏡で見せると、凛《りん》とした表情が柔らかくなった。

しかし恥ずかしくなったのか、さっと顔を逸《そ》らす。

「わ、わたしには、可愛《かわい》すぎるのでは……」

口をもごもごさせながら言えば、琴葉ががたりと立ち上がった。

「何言ってるの、絹香さん！　可愛くて、とっても絹香さんに似合っているわ！」

「そうですわ。今日お召しのお着物にもよく合っております」

「そ、そうでしょうか……」

照れた顔をしつつも、絹香は再度髪型を見た。

友人二人に褒められたからか、先ほどよりもちゃんと髪型を見られるようになったようだった。頬が淡く染まって、とても可愛らしい雰囲気になっていた。

そんな絹香を見て、琴葉は微笑む。

「それに絹香さん、可愛いもののほうが好きじゃない」

「こ、琴葉さんっ」

「お着物は似合わないからって泣く泣く諦めたけれど、小物や見えないところくらいはって言って、襦袢《じゅばん》の地模様に薔薇が織られたものや、レースのハンカチーフだってたくさん持っているじゃない」

「琴葉さん!!」

顔を真っ赤にして恥ずかしがる絹香だが、琴葉は笑ってそれを流していた。気心知れた仲、というのが分かるやりとりだ。

「あら。もしかして、可愛らしいお人形もご自宅にあったり……」

「どど、どうして美幸さんがわたしのお部屋のことまで……!?」

「ふふ。かまをかけてみましたの。当たりましたわね」

「〜〜〜〜っ!!」

そして、美幸もその輪に驚くほど上手《うま》く馴染《なじ》んでおり、華弥は思わずくすりと微笑んだ。

その後、話はますます盛り上がり、もっと色々な髪型をやりたい！　と火がついたようだ。それに応えるべく、華弥は時間が許す限り三人の髪結いを行《おこ》なった。

——そしてきっちりと元の髪型に戻し、二人を見送ったのだった。

＊

その日の夜。

華弥はいつも通り、美幸の髪を整えていた。

すると、鏡台の前に座る美幸が微笑む。

「今日はありがとう、華弥。あなたはしっかり役目を果たしてくれたわ」

「そう言っていただけて嬉《うれ》しいです」

そう笑みを浮かべた華弥だったが、美幸の顔がどことなく疲れているように見えて、目を瞬《まばた》かせる。

「美幸様。お疲れのようですが……どうかされましたか？」

「あら、見抜かれてしまった？……そう、そうね……少し、疲れたわ」

そう言い、美幸は目をつむる。まるで心地《ここち》好く撫《な》でられている猫のような態度に、華弥は心配になった。

あれだけ楽しそうにされていらしたのに……。

そう思っていると、美幸がぽつりとつぶやく。

「……これは、ただの独り言なのだけれど。聞いてくれる？」

それが、これから美幸が本音を話す合図だということくらい、華弥にだって分かった。

主人が部下に弱音を吐くことは、ほとんどない。

そして神様が自身の信仰者に弱音を吐くことなど――さらにない。

だって神様というのは、そういうものだから。

人々の願いを聞き届けて、それを叶《かな》える存在だから。

しかし。

「……私は、何も聞いておりません。そしてこれから私が発することも、独り言です」

華弥は美幸の髪結い師ではあるが、信仰はしていない。だって華弥にとって美幸は、どこまでいっても人間だったから。

だから美幸が神様らしくない行動を取ろうが取るまいが、気にしたりなどしないのだ。

そういう意味を込めて言葉を口にすれば、美幸がわずかに笑う声がする。

それから、美幸はとうとうと語り始めた。

「……わたくしが女学校で友人を作るのはね、現人神《あらひとがみ》としての力を高めるためなの」

「それは……」

「皆、信仰なんて大仰な言葉で言うけれど……要は慕われ、敬われ、憧れられれば、現人神は力を高めることができる。いえ、正しくは本来持つ力を最大限に引き出すことができる……かしら。まあわたくしにとっては、どちらでもよいのだけれど」

そう投げやりに言う美幸に、華弥は質問する。

「……どうして、お力を高めることが必要なのでしょうか？」

「……簡単よ。わたくしが、国神様《くにつかみ》の妻になりたいから」

国神――この国をまとめ上げ、統べる神の妻になるには、力が必要なのだと美幸は言う。それが、妻に求められる条件なのだと。

「だからわたくしは、信者を増やすわ。あの二人をお茶会に呼んだのもそのためよ。だって特別に二人だけを屋敷《やしき》に招けば、彼女たちはわたくしにより心を開いてくれるようになる。それはより強い絆《きずな》を結ぶために、必須なの。……だけ、れど」

美幸の顔が、苦しそうに歪《ゆが》む。

「だめね、覚悟が足りていない。最初から、これは偽りだと分かっていたのに……彼女たちが真実を知った後のことを想像して、自分のことが嫌いになるの」

「……美幸様」

「ほんと、馬鹿みたいよね。わたくし自身が高望みをしなければ、こんな思い、しなくても済んだのに」

そう言いながらも、美幸にはそれをやめるつもりがないようだった。むしろそれを刻み込むかのように呟《つぶや》く。

「でも、これはわたくしが望んだことで……決して忘れてはいけない痛みだから」

「…………」

「そしてそこが、人間らしい浅ましさで。醜さで、愚かさで。同時に、愛おしさでもある。そしてわたくしたちがあくまで、神ではなく現人神だということを決定づけるところだと、わたくしは思っているの」

そう言う美幸の顔は、鏡越しでも分かるくらいひどく大人びていた。

覚悟を決めた、顔。

痛ましいのにひどく美しい、傷だらけの顔だ。

「だからわたくしは、決してこの痛みから逃げたりはしない。あの二人をお友だちだと思う気持ちに、嘘《うそ》偽りはないけれど……いいえ、だからこそ。わたくしが彼女たちと同じ気持ちで楽しめる瞬間は、これから先一度もないのよ」

けれどわたくしは、それを覚悟して突き進むの。

決意に満ちた声で言われ、華弥は息を呑《の》む。

そこで思い浮かんだのは、ずっと摑《つか》み兼ねていたあること――現人神についてのことだった。

「……美幸様にとって、現人神というのはどういうものか、お伺いしてもよろしいでしょうか？」

「ええ、もちろん」

なんてことはないように、美幸は続けた。

「わたくしにとって現人神というのは、もう一人の自分、その延長よ。そして髪結いは、その延長線上にいるわたくしに変わるために必要な儀式。そして、現人神としてのわたくしから今のわたくしに引き戻してくれる、欠かせないものだと思っているわ」

ふと、目の前にいる少女が人でないモノのような気がして、恐れにも似た何かが背筋を駆け抜けていった。

これが、現人神。

人としての痛みを抱えながらも、決して人と交わることのないイキモノ。

「……美幸様はどうして、そうまでして国神様の妻になりたいのですか？」

ぽろりと、本音が漏れ出た。しかし、それを聞いた美幸は慈愛に満ちた微笑《ほほえ》みを浮かべると、桜色の唇を開く。

「この国の在り方を、変えたいから」

そう笑みを浮かべながら告げる姿は、ひどく美しくて。

同じくらい、ひどく恐ろしかった。

――この日ようやく、華弥は自身がどういう存在に仕えることになったのか、理解したのだ。

＊

葵木家次期当主であり嫡男である葵木晃彦《あきひこ》は、大きくため息をこぼしていた。

というのもここ最近、妹であり葵木家の現人神である八重《やえ》の機嫌が、大層悪いからだ。

何がそんなにも気に入らないというのか、晃彦には分からない。しかも髪結い師ごときでこうも癇癪《かんしゃく》を起こされてはたまらないと、彼は今日も家を抜け出し、夜の花街へとやってきていた。

晃彦は馴染みの店で娼妓《しょうぎ》を数人呼びつける。部屋へ向かえば美しく着飾った美女たちが並んでおり、ひどく満足した。

女というのはやはり、これくらい気安く扱える存在のほうがよい。

下手にそこら辺の女を引っかけて遊ぶとろくなことにならないことを、晃彦は身をもって経験していた。

だから今回、八重から「天下《てんが》井華《い》弥という髪結い師を口説いて、結婚までこぎつけなさい」なんて言われたときは、どうしたものかと思ってしまった。

しかも乗り気でないまま口説いたからか、断られる始末。庶民の女からそのような扱いを受けたことがなかった晃彦は、その日たいそう憤ったものだ。

晃彦には、髪結い師の重要性が分からない。

それどころか、現人神に対しての理解すら乏しかった。

というのも、彼は何かと理由をつけて勉学をさぼってきたからだ。

両親も、妹が現人神として覚醒してからは、そちらにばかりかまった。子どもの頃はそれに対して嫉妬したことがあるが、それも過去の話である。

だって晃彦は、家では落ちこぼれだったが、外では子爵家の跡取り息子として扱われたからだ。

学校では大抵の人間が頭を下げたし、命令すれば言うことを聞く人間ばかりが集まった。皆、葵木家が由緒正しき家柄の上、裕福であるゆえにその恩恵を受けたがった者たちだ。

そして顔が良《い》いからか、道端を歩いていれば女たちも声をかけてきた。そうやって持ち上げられるのは、とても気持ちが良い。

ただそういう女は、子ができたら結婚を迫ってくることが多く、対処が面倒くさかったので、最近はあまり関わらないようにしていたが。

また何より分家の人間は、八重がいる手前、晃彦を含めた本家の人間には逆らえない。

奴隷のように扱える人間を手に入れてから、晃彦は適度に八重をおだてていればこれから先、生活に困らないことを悟った。

だから今回も適度にやっていればよいと思っていたのに、たった一人の髪結い師ごときに台無しにされるとは。

そのせいで、家に居づらくなったじゃないか……。

そんな苛立《いらだ》ちをぶつけるために、晃彦は娼妓たちに華弥の悪口を洗いざらい言う。

「最近さあ、妹が髪結い師の女にご執心なんだよ」

「あら、主さん、それは大変でありんすなあ」

「だろう？　しかも俺はそんな女に袖にされたんだ！　まったく、髪結い師ごときが生意気な！」

酒をあおりながらそんなことを言っても、娼妓たちは顔色一つ変えない。むしろ微笑みながら、こちらの話を聞いてくれようとしているのが分かった。

再度酒をあおれば、独特な酩酊《めいてい》感と共に気分が上がっていくのが分かる。

晃彦はさらに本音をぶちまけた。

「しかも妹はまだその髪結い師に執着して、挙句俺にその髪結い師を連れて来いって言うんだ」

「あらまあ」

「けど、その髪結い師が嫁いだ場所が生意気でな……屋敷に入ることすらできないんだよ」

いう。

実際、侵入しようとした人間は弾《はじ》かれ、神族であっても中へ入ることは不可能だったと

「まったく、そこらへんにいる髪結い師と何も違わないだろうが！　しかもどちらかと言えば、不細工なのにな！」

「その髪結い師さん、どなたでござりんす？」

「天下井華弥とかいう女だ。あ、今は梅景っていったか？」

「……へえ、それはまた……」

「まあ、今そのために、昔知り合ったごろつきを集めて、誘拐を計画しているんだがな」

ぽろぽろぽろぽろぽろ。口からすべてがこぼれ落ちる。

しかし酒が入っていることで気分が高揚していて、自分でも何を言っているのか分からなくなっていた。

注がれるままに飲み、話し、娼妓の舞を見て楽しみ、呼んだ中で一番気に入った娼妓と褥《しとね》にて夜のひと時を楽しむ。

朝目を覚ましたとき、晃彦はきれいさっぱり、昨夜のことを忘れていた。

二日酔いによって痛む頭を抱えながらも、彼は店を後にする。

「……ああ、そうだ。あの髪結い師に関しても、できる限り早く終わらせないと……」

でないと、また八重が屋敷で癇癪を起こし、それによって晃彦が責められるだろう。

両親にも「八重ちゃんの言う通りにもできないなんて、お前は本当に愚図だね！」と言われて腹が立っている。これ以上八重の機嫌を損ねると、自由に使える金が減るため、こうして外へ遊びに行くこともできなくなるだろう。

それだけは、避けなくては。

そう思った晃彦は、背広のポケットに入れていた煙草《たばこ》を取り出し、火をつけたのだった。

五章　髪結い乙女、政略夫と打ち解ける

美幸《みゆき》の学友が遊びに来てから三日後の午後、梅景華弥《うめかげかや》はこっそりと屋敷《やしき》を抜け出した。

時刻は三時過ぎ。美幸が帰宅した後である。

この時間の仕事を終えてしまえば、今日の華弥はこれから夕食がある七時まで、自由に過ごしていいことになっている。

それにこの時間であれば、あの人もちょうど花街での仕事を終えて帰ってきている頃合いなはず。

出かけるならば、今しかない。

そう思った華弥は、こっそりと裏口から外出したのだった。

本当は誰かに一声かけてから行きたかったのだが、いまだに気を遣われているのか、外出しようとすると「なら一緒について行きますよ！」という流れになってしまう。それはまずい。

だって……一人で外出したいから……。

ここまでしてもらっている分際で、わがままだとは思う。しかしどうしても、梅之宮《うめのみや》家

とは関係ない人のところで頭を整理させたかったのだ。

――なので華弥は、髪結い処《どころ》『路《みち》』へと向かったのである。

お師匠……路子《みちこ》さん、いるかしら。

お土産も兼ねた豆大福を携えて「ごめんください」と言いつつ店の扉を開ければ、中から「はいはい」という聞き慣れた声がした。

緊張しつつその場で止《とど》まっていると、出てきた路子が華弥の姿を認め、目を丸くする。

「華弥!? どうしたんだい、こんな時間に！」

「そ、その……」

そこで華弥は、会いに来た明確な理由がないことに気づいた。

それに、部外者に神族や現人神《あらひとがみ》に関する情報を無断で言おうとすると言えない上に、内容によっては窒息するらしい。神様との契約なので、それくらい重いのだという。

なのでなんと言ったらいいのか分からず固まっていると、路子が少ししてハッとした顔をする。

「も、もしかして……離婚？ もう離婚かい……!?」

「ち、違います！ それだけは絶対に違います!!」

「なんだ、ただの里帰りかい」

そ、そうよ！ 普通に里帰りって言えばよかったじゃない……！

それすら思いつかなかった自分に恥ずかしくなった華弥は、顔を赤くしながら勢い良く頷《うなず》いた。

「そう、里帰り！　お土産に、路子さんが好きな豆大福も買ってきたんです、一緒に食べましょう！」

「はいはい」

「姉さんたちの分もあるから、今日中に食べてくださいね！」

そんな感じで勢い良く玄関に上がり、裏手の台所へと向かった。

急須で茶を淹《い》れようと戸棚を開ければ、緑茶の缶が空っぽで目を丸くする。

「路子さん、新しい緑茶あります？」

「ああ|忘れてた。紅茶ならあるんだがね……」

確かに、可愛《かわい》らしい紅茶缶はあるが、それ以外はなかった。

「もう、路子さん、どちらかというと緑茶を飲む人なんですから、ちゃんと買ってきてください」

「ごめんって。華弥がいないと、つい買い出しがおろそかになりがちでね」

それを聞いた華弥は、路子がいまだに華弥がいない生活に慣れていないことを悟った。

……それはそうよね。まだ嫁いでから、一か月くらいしか経《た》っていないのだし。

買い足されている物もあるので、華弥がいなくなることで雇ったという通いの家政婦か、姉弟子たちがなんとかしているのだろう。

そんなところに、不思議と安心感のようなものを抱き、華弥はふぅっと息を吐く。

「……まあいいわ。今日のところは紅茶にしましょう」

そして紅茶を淹れるために、湯を沸かし始めた。


——結果、豆大福に紅茶は、意外と悪くなかった。

おそらく、紅茶が癖のないものだったからだろう。

豆大福の豆は塩気が利いていて、絶妙な茹《ゆ》で加減だ。それが餅と粒あんと一体になって調和し、良い塩梅《あんばい》だった。餡子《あんこ》の甘みもちょうどよく、ついもう一つ、と手を伸ばしそうになる。

しかし最近は、この店で髪結い師をしていたときより動けていないということもあり、華弥はそっと伸ばした手を戻したのだ。

……これ、斎《いつき》さんも喜んでくれそう。

甘いものが好きなので、せっかくだし買って帰るのもいいかもしれない。それに斎の壁を壊すのを、華弥はまだ諦めていないのだ。

そう思ったとき、華弥は梅之宮家をすっかり、『自分が帰る場所』として認識していることに気づいて、はっとした。

同時に、再度落ち込んでしまう。

あからさまにしょぼくれる華弥を見て、路子が困惑した声を上げた。

「いや、本当にどうしたんだい、華弥……」

「いえ、その……なんというかこう、覚悟が足りないなということを痛感させられまして……」

「覚悟って、嫁としてのかい？」

「まあ、はい……たぶん……」

「曖昧だねえ」

華弥は、苦笑した。

そしてこの部分を言語化できないからこそ、こうしてこっそり出てきてしまったのだろうな、とも思う。

覚悟……覚悟ね。

確かに、覚悟は足りなかった。それは梅之宮家の実態が、華弥が推し量れるものをはるかに超えていたからだろう。

それでもなんとなく仕事ができていたのは、華弥がまだ神族というものがどういうものなのか、きちんと理解できていなかったから。

しかし今回のお茶会で、華弥は美幸が人ではないものなのだということを、まざまざと突き付けられたのだ。

あの、綺麗《きれい》で、とても美しいイキモノに対して、私はいったい何ができるのかしら。自分がこれからも同じように仕事を続けていいのかどうか、分からなくなってしまっている。その覚悟に見合うだけのものが、華弥にはないから。

思えば、周りに合わせながら生きてきたものね。

母の教えがそうだったから、それも当然だったかもしれない。

しかしどうして、母が自分を梅之宮家に嫁がせたのか。どうして、自分には何も話してくれなかったのか。それらの疑問もあり、こうして自分の気持ちと向き合うことになっている。

ふと、華弥は本音をこぼした。

「……お母さんは私のこと、嫌いだったのでしょうか」

突如、突拍子もないことを言い出した元弟子に、路子は目を丸くした。しかし彼女はすぐに叫ぶ。

「馬鹿言うんじゃないよ！　静子《しずこ》以上に、華弥を愛していた人間はいないだろう⁉」

「う……す、すみません……」

「……どうしたんだい、本当に。華弥らしくないじゃないか」

華弥は曖昧に微笑《ほほえ》んだ。言えることではないので、黙っているしかない。

そんな華弥を見て何を思ったのか、路子はバッと立ち上がった。それからずんずんと二階に上がり、何やらバタバタとしてから、同じように下りてくる。

路子が持ってきたのは、文箱《ふばこ》だった。

「ほら、華弥。これ、あんたにあげるよ」

「え？」

「中、全部、静子からもらった手紙だから。かなりの数があるから一気に読むのは大変だろうけど、全部華弥のことが書かれてる。だから、あんたが静子のことを理解するのに、少なからず役に立つはずだよ」

華弥は目を丸くした。おそるおそる文箱を開けてみると、そこにはぎっしりと手紙が詰まっている。

聞けば、これでも一部だという。

「静子とは何かと、手紙でやりとりしてたんだよ。華弥が幼い頃は、頻繁に会うのも難しかったしね」

「そう、なのですか……」

「ああ。それに、これだけは言わせてもらうよ」

路子は、華弥の頬を両側から包むと、目を合わせて言った。

「静子は、誰よりも華弥を大切にしていた」

「……は、い」

「多分、疑うだけの何かが梅之宮家であったんだろうけど……この時代、頼りになる親戚も、愛する夫もいなくなった中、子どもを育てるのは生半可な覚悟ではできない。華弥にも、それは分かるね？」

「それは……はい」

「それをここまで育て上げた。それにあたしにはいつも、自慢の娘だって言ってたよ。そんなあんたを、静子が愛していなかったわけないじゃないか」

だから、信じてあげな。

そう真っ直《す》ぐな目で言われ、華弥は自然と頷いていた。

「……はい」

「よし」

満足げに両頬から手を離した路子は、肩をすくめながら言った。

「まあ、静子があまりにも本音を言わな過ぎたのも原因だけどね」

「それは……確かに。だって私、今初めて聞きましたもん、自慢の娘だって話」

「だろうねえ……まあ、母親の威厳ってやつだろうな。あたしも、何かと酒飲んだ後にぽろぽろこぼす静子に、翌日『昨日の話は華弥には絶対に言わないで』って言われたしね」

「そうだったんですか……」

「ああ。まあ、静子の他の話もまたしてあげるよ。……だから、何かあったらまた帰っておいで」

「……はい」

そこで、華弥はあることを思い出していた。

そうだわ。斎さんへの贈り物。

あの頑固な夫は、華弥の髪結いや髪梳《す》きが神族にとって特別なものなのだと語ったけれど、それを受け取らなかった。

だけれど、櫛《くし》を用意したら？

斎のために専用の櫛を用意して、お礼の髪梳きをしたいと言えば、彼はきっと拒否できない。だって、ひどく優しい人だから。

現人神の家なので「苦死」に繋《つな》がる櫛を贈るのは縁起が悪いとされている可能性も高いが、ならば贈らず、華弥が持っていればいいのである。そしてお礼のときにそれで髪を梳いてあげる。これならば完璧ではないだろうか。

そのためには、路子の助けが必要となる。

なんせせっかくの贈り物だ。できるならば渡すその日まで、秘密にしたいではないか。

というわけで華弥は、先ほどの暗さを撥《は》ね除《の》けるように路子を見る。

「ねえ、路子さん。一つ、櫛を作って欲しいんです。梅の模様を彫ったもので」

それだけで、どうやら路子は華弥が何をしようとしているのか分かったらしい。あまり茶化すことなく「ふうん？」と言うと、快く引き受けてくれた。

そうして、華弥は外に出る。

路子と話したおかげか、華弥は来たときよりもずっとすっきりとした、幾分覚悟の決まった心持ちで空を見上げられた。

「……よし。帰ったら、お仕事しないと！」

自分に活を入れる意味で、そう小さく拳を握り締める。

そうして、華弥は帰路についた。

——その背後に、魔の手が忍び寄っていることも知らずに。

＊

その日、梅景斎は疑問に思っていた。

自身の妻である華弥の様子が、朝からおかしかったからだ。

斎が目にしたのは食事中だったが、どことなくぼーっとしていた。華弥がそんなふうにしているなど珍しいので、目にしたときからずっと気になっていたのである。

そういうことは、一度気になってしまうと何をしていても頭に浮かぶものだ。それが華弥のことならば、なおさら。

……いや、彼女と距離を置こうとしている僕が、気にしてどうするのです。

そう自分に言い聞かせるが、もやもやした気持ちは増すばかりで。

美幸が帰ってきた後、斎は華弥のことを捜して屋敷《やしき》の中を歩き回っていた。

ちょうどこの時間帯なら、華弥は休憩中だ。話を聞くならこのときしかない。

——ならば巴《ともえ》さんに頼めばいい。彼女は美幸一筋だが、華弥に関しては一目置いている。

だからきっと華弥が本当に困っているのであれば、手を貸すはず。

そうもう一人の自分が語り掛けるものの、体は勝手に華弥のことを捜し求める。

もしかすると、ここ連日ずっと彼女と過ごしていたということもあり、知らず知らずの間に追い求めていたのかもしれない。

しかし。

屋敷の中をくまなく捜しても、華弥は見つからなかった。

どくりと、心臓が嫌な音を立てる。

華弥さんが一人で外出した？　だけど彼女なら、外出する際に一声かけるはず……。

そう思うものの、使用人の誰に声をかけてもその行き先を知る人間はいない。

焦りは苛立《いらだ》ちになり、そして恐怖へと変わった。

もし、華弥が一人で外出したのだとすれば。

とても危険だ。梅之宮家の付近であれば流石《さすが》の葵木《あおき》家も寄り付かないが、それよりも外に出たのであれば、護衛は必須。

それは、斎が今までの検証で華弥の能力について確信を持ったことで、より強く感じられた。

「──千代丸《ちよまる》！」

斎は、思わずそう強く叫んでいた。

すると、少しして一匹の白犬が駆けてくる。

梅之宮家の愛犬。

華弥はそれくらいの認識だったろうが、この獣は神の獣だ。ただの犬であるわけがない。

普通の犬よりもよっぽど賢く、それでいて神に従順な獣は、神獣として過ごした年月が浅いため人の言葉を話しこそしないが、理解することはできた。

「千代丸。華弥さんがどこに行ったのか、捜せ」

だからこんな命令であっても、千代丸は言葉通りの働きができる。

一目散に外へ駆け出した白犬を追いながら。

斎はただひたすらに、華弥のことを想《おも》った──

*

華弥がそれに気づいたのは、「一人のときは特に、背後に気をつけなさい」という母と路子の教育の賜物《たまもの》だった。

「…………」

右、左、右、右。

いくら道を曲がろうと、後ろからついてくる人影がある。

それはつまり、つけられているということだ。

どうして、私なんかを……。

そう思ったが、どうにかしなければならない。しかし助けを求めようにも、気づいたらひと気のない場所にいて、目の前にいかにもガラの悪そうな人間が佇《たたず》んでいる。華弥は息を呑《の》んだ。

完全に、誘導されていた……！

慌てて別の道へ向かおうとしたが、そちらにも人がいる。合計四人。囲まれた。

すると、そのうちの一人がにやにやと華弥を見る。

「ふうん？　見た目は悪かないな」

「そうか？　平凡じゃん」

「それがいいんだろ？」

「……何か、ご用でしょうか」

けたけたと笑う男たちに向かって、毅然《きぜん》とした態度のままそう告げる。

すると、一人の男が言った。

「まあ、あんた個人に興味はないんだが……頼まれてな」

「わりいな、嬢ちゃん。提示された金額がなかなかよくってな……」

「何を――」

そう口を開く前に、華弥は羽交い締めにされた。

渾身《こんしん》の力を振り絞り足掻《あが》くが、女一人に対して男二人がかりで拘束しに来ている。武道などかじったことすらない華弥が、逃れられるわけがない。あっという間に縄で縛られ、華弥はすっかり身動きが取れなくなっていた。

「たすけ、むぐっ⁉」

最後の抵抗として声を張り上げたが、すかさず口に布を押し込まれる。その上からさるぐつわをされた華弥は、この男たちが今日初めて人を攫《さら》うのではないことを悟った。

どうしよう、どうしたら。

頭の中がぐるぐると回って、混乱する。

なぜこんなことになっているのか。

どうしてこんな目に遭わなければならないのか。

そんなことが一気に駆け抜けるが、そんな中でも頭に浮かんだのは、梅之宮家の人たちの顔だった。

美幸、巴、吉乃《よしの》。

——斎。

帰りたい、あの場所に。

帰らせて欲しい。


お願い、助けて。

心の底からそう呟《つぶや》き、しかしそれが叶《かな》わないことが分かっているからこそ、華弥は目をつむる。

そんなとき。

「おがっ!?」

男の悲鳴とともに、ゴッという鈍い音が聞こえた。

え？

思わず目を見開けば、目の前にひと房の黒髪が翻るのが見える。ふわりと体が浮く。

「ワンワンッ！」

そんな鳴き声とともに、見知った白い犬が男に飛び掛かるのを見て、華弥は呆気《あっけ》に取られてしまった。

そんな華弥を抱き上げたまま、黒髪の男——梅景斎が、冷えた声を出す。

「貴様たち——誰の妻に手を出している？」

今までに聞いたことがないくらい低く、鋭い声。

その上で放たれる殺気は尋常ではなく、男たちは威圧に当てられじりっと後退した。

「な、なんだ、お前……」

「………」

斎はその声に答えず、代わりに華弥のことを見る。

ぎり。

そう音が鳴るくらい歯を噛《か》み締めた斎は、華弥のことをまるで宝物のように抱き直すと、付き従っている白犬に告げた。

「千代丸」

瞬間、今まで唸《うな》り声を上げていた白犬が男たちに向かって飛び出す。

「うわあ!?」

腕を嚙みつかれた男が悲鳴を上げた瞬間、斎は華弥を抱えたまま動き出した。

まず、近くにいた男の顔面に蹴りを入れる。彼が吹っ飛んでいったところで、くるりと体をひねり、後ろ回し蹴りを対角線上にいた男の顎に食らわせた。

最後に残った一人は果敢にも殴りかかろうとしたが、斎は深く沈み込み、足払いをする。

「うごっ⁉」

そうして倒れたところで、つま先で顎を強打。

千代丸に嚙まれていた男は、なんとかその歯から逃れると、這《ほ》う這うの体で逃げ出した。

一連の流れに、華弥は思わずぽかんとしてしまう。

あまりにも見事な武術に、言葉も出ない。

そもそも、華弥を抱えたままそんなことができるのがおかしいのだが、それをやってのけてしまったこの人はいったい、何者なのだろう。

そう思ったが、気が抜けたのか、その後の記憶はすっぽりと抜け落ちていた。

華弥が意識を取り戻したのは、梅之宮家の屋敷に戻ってからだった。

「華弥さん、つきましたよ」

そう言われ、華弥はハッと我に返る。

見れば、拘束されていた縄は切られ、さるぐつわもなくなっていた。きっと、斎が解いてくれたのだろう。しかし縄の痕はくっきり残っており、あれが実際に起こったことなのだと華弥に告げてくる。

そうだわ……私、誘拐されかけて……。

すると、心配そうに眉を寄せる斎の顔が見えた。

「大丈夫ですか？」

「は、はい……お手間を取らせ、まし、た……」

そうは言ったものの、全身が震えているし声に至ってはかすれ気味だ。まったく説得力がない。

そう感じたのは斎も同じだったらしく、彼はいつになく険しい顔をする。そして、華弥を抱えたままずんずん本館のほうへと向かい始めた。

「え、あ、の、おろし、」

「華弥さんの部屋についたらおろしましょう」

どうやら、華弥に拒否権はないらしい。

しかしそれも仕方がないなと思った華弥は、そのまま大人しく横抱きにされていた。

宣言通り、降ろされたのは華弥の部屋についてからだ。

足で襖《ふすま》を開くという、大変行儀の悪い方法を使った斎に、華弥は彼が相当切羽詰まっていることを悟る。

この人でも、こんなにも焦ることがあるのね……。

なんでもそつなくこなし、笑顔で受け流す人だと思っていた。

しかも、そうやって焦らせているのが華弥かと思うと、なんだか申し訳なくなる。

座布団の上でようやく降ろされた華弥は、詰めていた息をふう、と吐き出した。

何回か深呼吸をした後、傍らで膝をつく斎に笑いかける。

「……もう大丈夫です」

「……そうですか」

しかし、斎は険しい顔をしたままだ。

それはそうだろう。見た目からして大丈夫ではない。

すると、どこからともなくやってきた使用人が、手当のための道具を置いていく。斎はそれを使い、華弥の手首を丁寧に治療してくれた。

そうしているうちに恐怖はだいぶ薄れ、思考ができるようになる。

「……あの、斎さん。私を誘拐しようとしたのは……葵木家でしょうか？」

というより、それ以外でそんな横暴なことをする人物が思い浮かばなかった。

斎は黙々と包帯を巻きながら、一つ「はい」と言う。

そうすると、更なる疑問が出てきた。

「そんなにも狙われる理由が私にあるのか、さっぱり分からないのですが……」

瞬間、斎がびくりと体を震わせる。

……ん……？

違和感を覚えて、華弥は首をひねった。

「……あの追手のこと、知っているんですか？」

「……えーっと」

「いつからです？」

「それは……」

その瞬間、華弥の中にあった疑惑が確信に変わった。

この感じだと、かなり前から私は狙われていて、斎さんがそれに介入していたってことにならない……？

そう考えると、いくつも思い当たる節がある。たとえば、外出時は必ず二人以上で行動させられていた点とか。

今日、あんなにも血相を変えて華弥を救出してくれたことだとか。

そんなことを考え、納得し。華弥の中に怒りが芽生え始めた。

華弥は、今日あったことをすべて忘れて、にっこり微笑《ほほえ》んだ。

そして斎ににじり寄ると、その頰を両手で包み込む。——そう。絶対に目を逸《そ》らさせないために。

「……斎さん？」

「あ、あの、顔が怖い……ですよ……？」

「すべて、話してくださいますよね？」

「えーっと、すべて、とは……」

「隠していたこと、全部です」

それからしばらく目を泳がせていた斎だったが、華弥が不穏な気配を漂わせながら彼の頬をむにむにと触り始めた辺りで、とうとう音を上げる。

――結果、華弥は自分が狙われていた理由以外の事実を、斎の口から聞くことになった。

すべてを聞き終えた華弥は、大きくため息を吐き出した。

「そんなに前から狙われていたなんて……信じられません」

頭を鈍器で殴られたかのような衝撃だ。怒り、恐れ、悲しさ……色々な感情がごちゃ混ぜになって、胸の内側でぐるぐると回っている。

感情をなんとか抑えようとしている華弥に、斎はたじろぎながらも告げた。

「そ、その……ですが最初にお約束した際、守ると言いましたから……僕としては当然の行ないをしただけでして……」

「私が信じられないと言ったのは、私とその情報を共有してくださらなかったことです」

華弥が怒っているのは、そこだった。

今までは、私が外出前に一声かけていたからどうにかなっていただけじゃない、それ！

もし事前に知っていたら、華弥も一人では出歩かなかっただろう。

しかし斎は申し訳なさそうな顔をしつつも、食い下がる。

「ですが、怯《おび》えたまま生活するのはお辛《つら》いかと……相手は同じ神族です。それをきっちり裁くとなると、それ相応に時間と作戦が必要になってきます。それまであなたを待たせるのは酷だと思いました」

「私のことを考えてくださるのは嬉《うれ》しいです。ですが、今日のようなことが起きたのは、その情報共有がなされていなかったからではありませんか」

「それは……華弥さんは屋敷《やしき》からお出になるとき一声かけていく方だと思いましたので、大丈夫であろうと思い……」

ああだこうだと斎と言い合うが、華弥が言いたいことが上手《うま》く伝わっていない。

それは華弥の言い方の問題なのか、それとも価値観の問題なのか。

……いけないいけない。もっとちゃんと、はっきり伝えないと。

こんなところで、すれ違ってなどいられないのだ。

華弥は一度落ち着こうと、深く息を吸い込んだ。

そして、頭の中で言葉を練ってから一言一言、思いを伝える。

斎に伝わるようにと、祈るような気持ちを込めて。

「……斎さん。私が怒っているのは……あなたに信じてもらえていないことが、悲しかったからです」

「……え……」

「だって、そうでしょう？　きっと家族だと、仕事仲間だと、そして、妻だと。そう思ってくださったなら、話してくれていたはずです。今回は私が一番関係していたことですから、特に。現に、私以外の使用人たちは知っていたわけですし」

帰る家だと思ったのだ。この、梅之宮家が、華弥の帰る家だと。

それなのに斎に、夫に信用されていないのなら、華弥はいったいどこへ行って、何者になればよいのだろうか。

そう考え、無性に悲しくなる。

泣きそうになるのをぐっとこらえ、華弥は斎を見た。

「本当の夫婦のように仲睦《なかむつ》まじく、というのは無理かもしれません。ですが同じ主人に仕える者として、どうかもう少し私を信用していただけませんか？　斎さんが、私が今まで梅之宮家で行なってきたことに異議があるようでしたら別ですが……」

「っ、それだけは、絶対にありませんッ!!」

声を荒げた斎は、ハッと我に返って口を手で覆った。彼はしばらくそうした後、絞り出すように言葉を発する。

「……その、信じていないとか、そういうわけではなかったのです。ただ、こちらの世界に無理やり引き込んだ身として、あまり負担にならないようにと考えていました」

「あ……」

「ただ、華弥さんの仰《おっしゃ》る通り、当事者に話をしなかったことに関しては、流石《さすが》に申し訳ないと思っています」

「いえ……はっきりと仰っていただけて、よかったです」

そこで、華弥はふう、と息を吐いた。なんとか華弥の言いたいことは伝わったらしい。

ただ、華弥自身も言葉足らずだったことも要因の一つなので、それを伝えるべく口を開いた。

「ですが、斎さん。そんなにも気を配っていただく必要はありません。私は確かに巻き込まれた部分はありますが、最終的にこの選択をしたのは私自身の意思だったからです」

「意思、ですか？」

「はい。その……母がどうしてなんの相談もなく、斎さんとの婚前契約を結んだのかが分からなかったので、その理由が知りたくて」

そう言うと、斎はふと考えこむようなそぶりを見せた。

またはぐらかされるのでは。そう懸念したが、斎は素直に今の考えを述べてくれる。

「実を言いますと、僕も不思議に思っていました」

「……斎さんも、ですか？」

「はい。静子さんとは花街で贔屓《ひいき》にしていた娼妓《しょうぎ》さんを通じて知り合ったのですが、そもそも強く会いたいと要望してきたのは静子さんのほうだったのです」

「……母が、ですか……」

神妙な顔をして頷《うなず》くと、斎は慌てた顔をする。

「あ、花街といっても、別にそういうことをするためではなく、情報収集のために通っていただけですから！　そこだけはお間違いなく！」

「え、あ、はい……」

華弥と結婚する前なのだから別にいいと思うのだが、斎が気にしているようだったので素直に頷いた。

彼はこほんと咳払《せきばら》いをして仕切り直すと、話を戻した。

「そのとき、僕はちょうど美幸様の髪結い師を探していました。なので渡りに船と思い、静子さんの経歴を調べて確認も取れた後、それを受けることにしたのです」

「そうだったのですね……」

それを聞いた華弥は、少しだけ落胆した。斎ならば、母がどういう意図で華弥を嫁がせたのか、知っていると思ったのだ。

だがそんな華弥の落胆をよそに、斎は「ですが」と言葉を繋《つな》げた。

「一つ、心当たりはあります」

「心当たり、ですか？」

「……華弥さん自身の、能力です」

「能力……？」

首を傾《かし》げる華弥に、斎は深く頷いた。

「華弥さんにはどうやら、神力を整える特異な能力があるようです」

「え？………えっ!?」

まったく予想していなかった答えに、華弥は素っ頓狂な声を上げてしまった。

自身の両手を見ながら、華弥は目を瞬かせる。

「それは……勘違いでは……」

「いえ、華弥さんは美幸様だけでなく、使用人含めて髪結いをしたことがありますよね？」

「は、はい」

「その結果、神力の安定と一時的な向上が見受けられました」

「そ、そんなことが……」

「はい。ですが、これに関しては検証が済んでから華弥さんに言おうと思っていて、今日《こんにち》まで至りまして……なので決して、隠していたわけでは……」

どうやら意外と、華弥に怒られたことが精神的にきていたようだ。

そんな姿を見て、華弥はくすりと微笑んだ。

「いえ、こちらこそ、感情的になってしまい申し訳ありませんでした。そして、そういった理由があるのであれば気にしませんので、あまりビクビクしないでください」

「ですが……」

「ただ、私が関係することを秘密にするのだけ控えていただけたら、それでいいです。それが家族だと思うのですが、斎さんは違うのですか？」

「……いえ、同じ気持ちです。以後気を付けます」

こくりと頷いてくれた斎に、華弥は目を細めた。

ちゃんと夫婦関係を修復できたし、仲も深められたみたいで、よかった……。

押して押して押した結果と言うにはちょっと違う気もするが、斎との距離はようやく詰められたような気がする。

一番懸念していた点が解消され、ほっとしていた華弥だったが、斎は困ったように眉を八の字にしている。

「ただ、その。華弥さんの特異能力なのですが」

「はい」

「葵木家がそれに気づいていたとしても、おかしくないと考えています」

「あ……」

「そして、華弥さんをこうまでして狙うのも、この特異能力が理由だと考えれば説明がつくのです。神族であれば、喉から手が出るほど欲しい力ですから……」

ごくり。緊張から唾を飲み込んだ華弥は、顔を青ざめさせた。

すると、斎は言いにくそうな顔をしつつも、躊躇《ためら》いながら口を開く。

「……そしてこれは、あくまで仮定です。ですが、華弥さんに関係することなので、今回の件もありますし、伝えておきますね」

「……はい」

「またこの特異能力のせいで、華弥さんが他の神族からも狙われる可能性は十二分にあります」

華弥は、こくりと頷いた。斎から特異能力の話を聞いて、華弥自身もその可能性を考えたところだったからだ。

「なのでできる限り、他の神族の髪を結うようなことはしないでください」

「はい」

「髪結い師のあなたに、それを強要するのは大変心苦しいですが……」

「いえ、実際、とても危険なことですから……」

それに、華弥がこうして欲しいと言ったことをすぐに直して、言いづらいことをちゃんと伝えてくれたことは、ひどく嬉しかった。なので思わず笑みがこぼれる。

「言いにくいことを伝えてくださり、ありがとうございます。また、私が指摘したことをすぐに直してくださったことにも感謝します」

「いいえ。そう言っていただけて良かったです……」

斎は、帰宅して初めて笑みを見せた。そこで華弥はハッとする。

「すみません、すっかり忘れていました！　先ほどは助けてくださり、ありがとうございます。……本当に怖かったので、斎さんが来てくれたのを見て……すごく安心しました」

「あ……」

「斎さんはいつも、私のことを助けてくださいますね」

そう呟《つぶや》いた瞬間、色々な感情がこみ上げてきて、ぽろりと涙が零《こぼ》れ落ちる。

どうやら、今までは別の感情で一時的に忘れていただけで、ここにきてようやく感情が追いついてきたようだ。

それを見た斎はぎょっとした顔をしたが、おそるおそる、しかし確かに力を込めて、華弥のことを抱き締めてくれる。

「もう、大丈夫です」

「――っっ！」

その声とともに優しく背中を撫《な》でられ、華弥の涙腺が崩壊する。

――それからしばらくの間、華弥は斎の腕の中で声を殺して泣いたのだった。

六章　髪結い乙女、春祭りにて奮闘する

華弥《かや》が葵木《あおき》家に攫《さら》われかけた日の夜。

梅景斎《うめかげいつき》は裏口から屋敷《やしき》を出て、慣れた様子で帝都の街並みを歩いていた。

それもそのはず。斎は、帝都に来てからのほとんどの時間を外で過ごしていた。情報収集のためだ。

本格的に帝都入りする前も、斎はたびたび帝都に来ては何が流行《はや》っているのか、どんなものがあるのかを確認していた。そのため、梅之宮《うめのみや》家のどの人間よりも帝都事情に詳しいと言える。

花街に頻繁に通っていたのも、ある意味ではその一環だ。

葵木家の息子が、ごろつきを使って華弥のことを誘拐しようと目論《もくろ》んでいると教えてもらえたのも、そのつてによるものだった。

しかし今回の件で娼妓たちが積極的に動いてくれたのは間違いなく、それが華弥に関係することだったからだろう。彼女は娼妓たちに妹のように扱われているようだったから。

そういうこともあり、斎は今回の件を解決するために必要なものがどんなもので、どこ

へ行けばそれが手に入るのか、誰に頼めば望む通りの結果になるのか、ちゃんと分かっている。そのため、彼の足に迷いはなかった。

そうしていくつもの細道を抜け、入り組んだ道の先——多くの洋館が立ち並ぶ帝都の一角に、目的地はあった。

二階建ての洋館だ。夜なので黒一色だがクリーム色の外装をしており、昼間ならばどことなく可愛《かわい》らしい印象を受ける建物である。だがこんな時間なので、窓からぽつんぽつんと明かりが照っているのが見えるだけ。

人通りもすっかりなくなったこの場所は、少しだけ物悲しかった。

そんな建物の入り口に、一人の男がいる。

仕立ての良《い》いグレーの背広を着崩した三十代前半ほどの黒髪の男は、斎の姿を認めると笑みを浮かべ手を振ってくる。

「お、梅景さん。お久しぶりです」

この男の名を、間宮和臣《まみやかずおみ》という。

彼は、黄雲社《こううんしゃ》という新聞社の記者だ。

ぱっと見、ごくごく一般的な新聞社だが、他とは別のことも取り扱っている。それが、神族に関することだった。

——そして間宮という男は、神族の記事を専門に取り扱う新聞記者である。

「……お久しぶりです、間宮さん。先日は大変お世話になりました」

にこりと薄く笑みを浮かべ、斎は頭を下げる。

間宮は「いえいえ、こちらこそ、おかげさまでいい記事が書けましたよ」なんて笑って、斎を中へと案内した。

ここでいう「先日」というのは、華弥との婚姻発表を新聞に載せてもらった件だ。

そう。あれは斎がわざわざ頼んで載せてもらったものだった。

主な目的は、葵木家への牽制《けんせい》と、美幸《みゆき》の立場を盤石にするためだった。

……まあ前者は、葵木家が愚かなせいでまったく意味を成さなかったのだが。

髪結い師を一族に迎え入れるのは、神族にとってこれからを左右する一大行事なので、斎が動かなくとも記事は出ていただろう。しかしそこを敢《あ》えて依頼することで、斎は新聞記者との継続的な関係を持てるきっかけにしたのだ。

そしてそれがこうやって功を奏しているのだから、やはりどんなに苦手な相手とも付き合いを続けていくのは必要なことだなと思った。

斎が、誰に対しても当たり障りなく会話をし関係を持とうとするのは、ほとんど美幸のためだった。

美幸と、彼女を取り巻く美しい花園のため。

それを維持するためには、時間とたゆまぬ努力と権力、人脈、そして金が必要。

……まあ、何故《なぜ》か華弥さんの前では、まったく取り繕えないんですけれどね。

今日も、図星を突かれただけなのに普段通り受け流すことができず、子どもみたいに動揺してしまった。ただ、相手が華弥だっただけなのに、だ。

なんて自身の愚かさに内心苦笑しつつ、斎は客間に通された。

家具も調度品も、どれも質の良いものばかりだ。建物自体もこの時代においては最先端の建築物である洋館なので、当然ではあった。

斎は柔らかいソファに腰を下ろす。

緑茶を出してから、間宮は背広の内ポケットから一通の手紙を取り出す。間宮が持っている手紙は、斎が先日彼宛に送ったものだ。

「さて、梅景さん。今回お声がけいただいたのは、いったいどういうわけでしょう？」

そう言う間宮は笑っていたが、その目にはこちらの動向をつぶさに窺《うかが》う探りのようなものが見える。大方、どんなネタを持ってきたのか興味があるのだろう。

それもそのはず。斎は手紙に『とっておきの特種がある』と書いたのだから。

間宮の気を引くのには、まず成功したとみていいだろう。あとは、斎がどれくらい上手《うま》く間宮自身の心を摑《つか》めるかだ。

何故こうも斎が新聞にこだわるのかというと、それは彼らのおかれた立場が特殊だからだ。

神族専門の新聞記者というのは、国神《くにつかみ》の名の下、絶対的中立を誓った派閥の出身者たち——黄の神族が唯一、表立って行《おこ》なっている仕事なのだ。

彼らの本業は、この国の情報すべてを集めること。

北の神族でいうところの、忍《しのび》のようなものだ。

しかし忍と決定的に違う点は、国神が認めた特殊情報機関だという点だろう。

そのため、不祥事に関しては目を光らせ、断罪の機会をうかがっている。神族を裁く神族、といった側面を持つのが、彼らなのだ。時代に合わせて様々な形態をとるが、文明開化の時代においてそれは新聞記者だったようだ。

そのような立場なので、彼らは基本的に絶対中立だ。

斎の持ってくるネタが彼的に美味《おい》しいものだったら、受け入れてもらえる。

ただし、興味のないネタなら力にはなってくれないだろう。中立とはそういうものだ。

まさしく、諸刃《もろは》の剣というべきか。

ただ斎は今回、自身の持ってきたネタに絶対の自信があった。

だって。

——皆、他人の醜聞は大好きですよね？

斎は、とっておきの笑みを浮かべる。

「間宮さん。落ちぶれた神族家系の実態、一面に載せてみたくありませんか？」

そう言うと、間宮は顔色を変え、目を爛々《らんらん》と輝かせたのだった――

＊

「華弥。大仕事よ」

美幸からそう言われたのは、華弥が誘拐されかけた三日後、美幸の休日。使用人の昼食が終わって大広間に集められた後だった。

この三日間強制的に休まされたこともあり、華弥の調子はもうすっかり良くなっていた。

まあそれでも使用人たちを含めた面々に、かなり心配されたのだが。

しかし元々体を動かしているほうが落ち着く華弥としては、大仕事は渡りに船だった。

「大仕事、と申しますと……」

「それに関しては、僕のほうから説明しましょう」

そう切り出し華弥の疑問を解消してくれたのは、上座に座る美幸の右斜め前にいた斎だった。

「美幸様が仰《おっしゃ》った『大仕事』というのは、春祭りへの参加のことです」

「春祭り、ですか」

春祭りというのは、一般的に『春に行なわれる祭り』の総称だ。

多くの神社があるこの国では、祭りは神社の数だけ行なわれるものだからだ。なので限定した一つの祭りのことを、その四季を代表した『祭り』とは呼ばない。

「ですが神族にとって四季の名を冠する祭りは、ただ一つなんです。そして現人神には、四季の祭りへの参加義務があります。必ず年に一度は、四季の祭りどれかに参加しなければならないのです」

「そうなのですね」

そう言われたが、いまいちどんなものなのか分からない。その上、神族が参加する祭りというものが、華弥には想像できなかった。

そこで、斎が補足をしてくれる。

「祭りと言っても、華弥さんが知っているような表の祭りではありません。神族だけが参加を許された、いわば裏の祭りのことなのです」

「裏、ですか」

「はい。真祭《しんさい》なんて呼び方もありますけれどね」

斎が言うには、ここではない別の空間——常世《とこよ》というものがあって、真祭はそこで開催されるらしい。

華弥には想像さえできないが、どうやら華弥も共に祭りの会場に向からうらしいので、当日はそれを体験できるようだ。

そこで、巴《ともえ》が口を開いた。

「春祭りが開催されるのは、これより二週間後です。華弥さんにはそれまでに、美幸様に相応《ふさわ》しい牡丹《ぼたん》を模した髪飾りを使った髪型を考えていただきます」

「……牡丹、ですか？」

いつになくはっきりとした要求に、華弥は首を傾《かし》げた。

すると、巴が感情の読めない目で華弥を見つめる。

「華弥さん。旧暦は分かりますね？」

「は、はい」

母から習って知ってはいたが、梅之宮家にきてからは巴に改めて教えてもらった。

華弥が母から習ったのは、新しい年号になってから、西洋文化に対応した新しい暦ができたが、高齢の方はいまだに旧暦で考えることも多いから、という理由だったが。

「でしたら旧暦を基準として、七十二候を組み合わせてみてください。ちょうど二週間後は、いつ頃になりますか？」

七十二候というのは、古くから続く季節を表す方式の一つだ。動植物の変化を知らせる短文で表される。こちらも、母から習ったものを巴が改めて復習させてくれたので、記憶がはっきりしている。

ええっと、二週間後だから……新暦では五月の頭、旧暦では三月の半ばね。そうなると……。

「……あ！　『牡丹華《ぼたんはなさく》』、だからですね！」

『牡丹華』というのは、七十二候において春の最後を表す短文だ。牡丹の咲き始める季節だから、そう名付けられたらしい。

華弥が瞬時に答えを言い当てると、巴は、

「はい、正解です」

と言って微《かす》かに笑った。

瞬間、滅多に見られない巴の笑顔に場がどよっとしたが、それを無視して巴は話を続ける。

「春祭りは七十二候の『牡丹華』に行なわれる祭りですので、別名牡丹祭とも言われております。そのため現人神は皆、牡丹づくしの装いをまとって参加されるのです。それは、美幸様も例外ではございません」

「また、美幸様にとってこの春祭りは、美幸様の目的を達成するための第一歩となるものです」

斎の言葉に、華弥はお茶会の後、美幸に言われた言葉を思い出した。

『……簡単よ。わたくしが、国神様の妻になりたいから』

「もしかして……国神様に嫁ぐために必要な何かがあるのですか？」

華弥がそう問いかければ、斎は深く頷《うなず》く。

「はい。春祭りには毎年、国神様の護衛であり補佐官でもある四人の衛士《えじ》――通称、四季《しき》衛士《えじ》のお一人であられる、春光《しゅんこう》衛士が参加されるのです」

春光というのは国神から賜った名だと、斎は付け加えた。

「華弥さん。僕は以前華弥さんに、神族の派閥の話をしましたね？」

「はい。神族には大きく分けて、四つの派閥と、中立の派閥が存在すると伺いました」

「その通りです。その中でも衛士たちの立場は、少し特殊です。もともと四つの部族に所属していた者が、国神様に目をかけてもらったことで中立の立場を取るようになったものなので」

それは確かに特殊だと、華弥は神妙な顔で納得した。

『四季』という名を冠する通り、四季衛士は四部族それぞれから選出され、当代の国神が斃《たお》れるまで護衛と補佐官としての役目を負うのだとか。

「彼《か》の方々は言わば、国神様の手足であり、目でもあられます。ですので彼らの目に留まれば、自然と国神様の妻に近づくのです。国神様は、力の強い現人神の姫君をお求めのようですから」

それは確かに、大仕事ね……。

華弥は、ぎゅっとこぶしを握り締める。

そして、美幸に向かって高らかに宣言した。

「承りました！　この梅景華弥、美幸様が春祭りで一番輝ける髪型にしてみせます！」

「お願いね、華弥。期待しているわ」

「はい！」

「ああ、ついでに、華弥を攫《さら》おうとしたり、わたくしに嫌がらせをしたりしてくる葵木八《や》重《え》も参加するから、気をつけてちょうだい」

「はい。……はい!?」

まったく予想だにしないことを言われ、華弥は素っ頓狂な声を上げてしまった。慌てて口を両手で塞ぐと、美幸が愉快なものを見たような顔をする。

「ほら、以前話したでしょう？　わたくしに嫌がらせをしてきた方の話」

「は、はい……覚えております」

「それがね、葵木八重よ」

「……も、申し訳ございません。私のせいで、美幸様の学校生活が窮屈に……」

思わず土下座しようとすると、美幸が「やめなさい」と制した。

「あなたが謝ることではないわ。だって、通う女学校に葵木八重がいることは最初から分かっていたもの。大切な髪結い師一人守れずして、梅之宮家の現人神は名乗れないわ」

「美幸様……」

「それに、わたくしが女学校の生徒たちを籠絡しようとするのであれば、いずれにしても立ち塞がる壁だもの。誰も彼も、お考えになることは同じだから」

十五歳の少女とは思えないほどの大人びて覚悟の決まった言葉に、華弥は感動した。

同時に、ならばなおのこと成功させなければ、と思う。

奇《く》しくも、そのおかげで葵木家に対する恐怖心や嫌悪感は、完全に頭の中からすっぽ抜けていた。

こうして、華弥の中で戦いの火蓋が切られたのだった——

＊

あれやこれやと悩み、また当日着ていく振袖や帯、半襟、帯締め、帯揚げの色や柄……そういったものを加味した上で、華弥はやはり牡丹の簪《かんざし》を使おうという結論に至った。

そこでまず思い浮かんだのは、あの本物と見間違うばかりの桜の簪と、梅の簪、梅花のバレッタを作成してくれたつまみ細工職人の顔である。

美幸様が春祭りで目立つためには、あれしかないわ。

あの生花のごときつまみ細工の牡丹の簪をつけた美幸は、大層美しいことだろう。そんな美幸の姿は、きっと春光衛士の目にも留まるはず。

そう思った華弥は、斎を連れて職人のいる工房へ向かった。

「ごめんください」

そう声をかければ、少しして一人の青年――東堂《とうどう》が出てきた。

「はい、どちら様でしょう……って、う、梅景さんじゃないですか！」

彼は華弥の顔を見ると、目を丸くする。

「お久しぶりです、今お時間よろしいですか？」

「は、はい！　どうぞお入りください！」

以前会ったときはだいぶ暗い顔をしていたが、今日はとても晴れやかな表情をしていた。

居間に通されると、畳の上に座った親方・小野寺《おのでら》は、口を開いた。

「梅景さんじゃねえか。今回はどうしたんですか？」

「はい。今回も、彼……東堂さんに、つまみ細工をお願いしたいんです」

名指しされた東堂は、目を丸くした。

「あ、あの、俺に、ですか？」

「はい。今回は、牡丹の簪を作っていただきたくて……」

そう前置きし、華弥はどんな牡丹の簪が欲しいのか、どれくらいの数なのか、そして欲しい期限について話をした。それを聞いた東堂は、みるみるうちに顔を青ざめさせていく。

東堂は、とても申し訳なさそうに腰を低くしながら、口を開いた。

「あ、あの……その量を二週間でやるのは……少し難しいかなと……」

「そうですよね……」

華弥は、残念そうな顔をしつつも素直に頷いた。ちなみにこの展開は、想定の範囲内である。というより、それを想定して少し多めの数を提示した。

さて、あとは華弥の弁舌にすべてがかかってくる。

華弥は深めに息を吸うと、ずいっと少し前かがみになった。

「でしたら、それより二本……いえ、三本！　少ない数でいいのです！　融通してもらうことはできませんかっ……？」

「そ、それは……」

東堂が目を泳がせ、それを見た親方がふむ、と顎に手を当てたのをさっと確認した華弥は、さらにずいっと体を前に寄せた。

「東堂さんの簪、本当に精巧で本物の花と見間違うような作りです。だから私はそれを、私の主人の一大行事で使いたいと思ったのです」

「一大行事、ですか……」

「はい。我が主人の今後を左右する、大きな行事です……そこで一番に輝く主人と、主人の笑顔が見たいのです。どうか……どうか！　お引き受けいただけませんか……っ？」

深々と頭を下げると、東堂が明らかに狼狽《うろた》えるのが分かった。

あともう一押し……かしら？

そう思った華弥は、顔を上げる。

「もう二本、少なくても構いません」

「そ……それなら……間に……、ってですが……」

「もちろん、ご無理を言う以上、本来の値段の三倍は出します！」

「え、あ」

「どうか、この通りです……！」

そこまで言ったところで、東堂ではなく小野寺のほうが口を開いた。

「東堂。やりな」

「え。で、ですが、親方……」

「なあに、ここまでてめえの腕に惚《ほ》れて、頭まで下げてくれる髪結い師が、いったいどこにいるよ。それにこたえてやるのが、職人ってもんだろう？」

「親方……」

すると、今まで迷うように目を彷徨《さまよ》わせていた東堂が、ぱあっと表情を明るくした。

「……分かりました。やります！」

「お、いい顔してんじゃねえか！　お前が抱えてる仕事はこっちでなんとかすっから、お前は梅景さんのほうに集中しな！」

「はい！」

そう言うと、東堂は華弥のほうを向き、頭を下げた。

「今まで、あれやこれや言ってしまってすみません！　こちらこそ、よろしくお願いします！」

「はい、東堂さん」

華弥はにこりと笑って、前回同様専用の箱を差し出しつつ、再度頭を下げたのだった。

＊

それから春祭りのための準備は、つつがなく進んだ。

その間に、華弥も巴から春祭りに必要な礼儀作法の教育を受けたり、髪型を練ったりと、なんだかんだと忙しい二週間だったように思う。

一つ懸念点があるとすれば、東堂に依頼したつまみ細工の牡丹《ぼたん》の簪が届くのが、春祭り当日の朝になってしまったところだろうか。

しかしそれくらい無理なお願いでもあったし、当日はこちらから使いの使用人を出して直《じか》に簪を取りに行く約束をしていた。なので、春祭りまでには間に合う手筈《てはず》となっている。

——そして当日の朝。

華弥は美幸たちと一緒に、先に現地入りすることになっていた。

できれば完成した簪の確認をしたかったのだけれど、私が美幸様と一緒にいないといけないことは流石《さすが》に分かるし……。

また、華弥が取りに行くとなると自動的に、一人護衛についてもらうことになる。それは申し訳ないし、当日に問題を起こしたくはなかった。

というわけで、いち早く簪を確認したい気持ちをぐっとこらえ、斎のとなりで人力車に揺られること数十分。

到着したのは、華弥と斎が祝言を上げた神社だった。

朝だからなのか、それとも立ち入りを禁じているのか。人っ子一人いない。そんな中、美幸を真ん中に、その後ろに左右に分かれる形で、華弥と斎が並んだ。二人の後ろに他の使用人が並び、という形でちょっとした団体行列になっている。

そうやって階段を上りきり、境内に辿《たど》り着くと、想像以上の静けさが待っていた。

独特の緊迫感のようなものを肌で感じ、華弥は息を呑《の》む。まるで空間そのものが止まっているかのように、風の吹く音も木々がざわめく音も、鳥の鳴く声もしなかった。

一同は本殿の前で止まると、両手を合わせる。華弥も、事前に教えられたとおりの手順に従う。

目をつむり、柏手《かしわで》八回。

これを一組として、計四回行《おこ》なう。

一糸乱れぬ音は高く高く神社に響き、どんどんどんどんと大きくなった。

パンッ。

最後の柏手を打つと、美幸がつぶやく。

「梅神様《うめがみ》、梅神様——どうかお通しくださいな」

くわん。

目が回るような、そんな感覚の後、華弥はびくっと体を震わせた。

目を開けていないのに確かに別の場所に来たと、直感的に思ったのだ。

恐る恐る目を開く華弥に、美幸はくるりと振り返って微笑《ほほえ》む。

「ほら、華弥。後ろを見てごらんなさい。ここが、神様が創りし現世《うつしよ》の裏側。とこしえに変わらぬ国——常世《とこよ》です」

そう言う美幸の瞳は、青く染まっていた。

まるで藍玉のような美しい瞳に、目が釘付《くぎづ》けになる。初めから話は聞いていたが、こうも印象が変わるものかと華弥は息を呑んだ。

現人神《あらひとがみ》が常世へ来ると、彼らは本来の姿に変貌するという。

美幸は瞳の色だけだったが、髪の色が変わる現人神も多いのだそうだ。それだけで、ここが現実とは別の場所なのだということを強く感じる。

自分の知らない世界を見られる、という期待。

また、自身の常識が壊されるかもしれないという不安。

後者を振り切り、振り返った先にあった光景は――絶景だった。

淡く桃色、鴇色《ときいろ》、蒲公英《たんぽぽ》色を織り交ぜたような春色の空が広がり、おぼろげな輪郭をした鱗雲《うろこぐも》が一面に散っている。

神社から見下ろす街並みは、すべて木造建築だ。昔ながらの、西洋文化が入り混じる前の光景だった。

小さくてよくは見えないが、道に屋台が立ち並び、あちこちに祭りの飾り付けがされている。人々が行き交うのも見え、その辺りでは華弥が知っている帝都と大差ないように思えた。

そして牡丹祭と呼ばれているだけあり、牡丹の生花がこの神社にもあちこちに飾られている。

何より面白いのは、何かに吊《つ》り下げているわけではないのに、牡丹を模した行燈《あんどん》が浮いて街を彩っているところだ。夜ではないためまだ火は焚《た》かれていないが、これが灯《とも》った光景はきっともっと美しいだろう。

　初めて見る常世の光景は、まるで夢のような光景だ。そのためか、華弥にはとてもまばゆく映った。

　華弥が声もなく感動していると、となりにいた斎がくすくすと笑う。

「僕たちにとってはもう見慣れた光景ですが、華弥さんの反応を見るとなんだか一緒に嬉《うれ》しくなりますね」

「あ……も、申し訳ありません。子どものようにはしゃいでしまい……」

「問題ございませんよ。それに、華弥さんが常世をゆっくり見られるのも、この時だけにございますから」

　巴も同意してくれ、他の使用人たちもうんうんと温かい目で見てくれたのだが、恥ずかしさのあまり居心地が悪い。

　とりあえず落ち着こうと、華弥は深呼吸をした。

　そんな華弥に目を細めつつ、斎は華弥に質問を投げかける。

「ところで華弥さん。常世での規則は覚えていますか？」

「ええっと、巴さんに教えていただいたもの、ですよね？」

「はい。ここで復習しましょう」

そう言われた華弥は、気持ちを落ち着かせながら口を開いた。

「一つ目。いかなる場面であっても、現人神の方から許可をいただけるまで絶対に声を発しないこと」

これは、本来人がいるべき場所ではないところでの処世術らしい。ただしこういった神社……梅之宮家に関係する場所や、梅之宮家の神族が作り出した結界の中であれば、許可なく話してよいという。

「二つ目。顔……特に目元を晒《さら》さないこと」

これも、常世で人間が活動する上での処世術。そのために、華弥は事前に面布《めんぶ》と呼ばれる、顔を隠せるくらいの大きさの長方形の白い布に黒で梅之宮家の家紋が入ったものを渡されていた。上に紐《ひも》がついているため、それを額に巻いて使う。

一度つけてみたが、前が見えないということはなく普通に見えたのが不思議だった。ただこの家でそんなことを言っても始まらないため、そういうものかということで流している。

現人神であれば顔を晒しても構わないし、口を開いても問題はない。

神族の場合、持つ神力の強弱によっては華弥と同じようにする必要があるが、それ以外の者は問題ないとされていた。

ただし次からは、神族であっても同じだとされている。

「三つ目。常世の食べ物を口にしないこと」

古より伝わる決まりで、人はその土地で作られたものを口にすると、その世界の住人になってしまうとされている。

つまり、ここで食事をしたら最後。現世に帰れなくなるというわけだ。

そして、次が最後。

「四つ目。知らない何かに声をかけられても、絶対に振り向かないこと。名を呼ばれても、返事をしないこと」

それは、人ではないから。

だから絶対に駄目だと、巴が強く教えてくれたのを華弥は思い出した。

最後の言葉を発すると、斎が深く頷《うなず》く。

「大丈夫そうですね」

「はい」

「それでは、参りましょうか」

輿《こし》に乗り、使用人たちの手で連れてこられた春祭りを催す社《やしろ》は、華弥が今まで見てきたものとは少し違っていた。

なんというか、綺麗《きれい》だ。造りがとても。

まるで造ったばかりのときのように美しい建築物を見て、ここが現実とは似て非なる場所なのだなと痛感する。

そんな華弥がようやく緊張を解いたのは、控室として与えられた一室でだった。

「華弥。もう面布を取って、話して大丈夫よ」

「は、はい……」

面布の紐をほどき、華弥はふう、と息を吐き出した。

部屋の四隅には、護符が貼られている。これが、簡易ながら守護の効果を発揮する結界となるらしい。美幸が直々に書いたものという辺りから、信ぴょう性が増す話だと華弥は思った。

それをぼんやり見つめていると、美幸が首を傾《かし》げる。

「華弥、どうかした？」

「い、いえ……少しだけ、緊張しているだけです」

肌感覚で分かった。ここには、恐ろしいものがいると。

梅之宮家にきたときとは比べ物にならないくらいの重圧は、少し息苦しい。同時に、巴が「華弥さんが常世をゆっくり見られるのも、この時だけにございますから」と言ったもう一つの意味を悟った。

確かにこれは、なかなか苦しいわね……。

思わず目をつむると、美幸がついっと手を伸ばして頬に触れる。

「華弥、大丈夫よ。あなたはわたくしに守られているから」

「……守られている、ですか？」

「ええ。だってあなたが着ているものはすべて、わたくしが見立てて作らせたものだもの。それはとても特別なのよ？」

「あ……」

華弥は、今日のために着てきた黒の家紋付き留袖に触れた。

それを見た美幸は、微笑みながら今度は着物を指差した。

「それに、黒は梅之宮家を含めた北の神族たちの色。だからあなたは自信をもって、自分の仕事をなさい」

「……はい、美幸様」

「ふふ、華弥は本当にいい子ね。最近の子にしては珍しいくらいだわ」

美幸のほうが歳下《としした》なのに、華弥のことを子どものように言うのは、なんだか照れ臭い。

しかし彼女が現人神だからなのか、それとも美幸の大人びた口調や考えに馴染《なじ》んだからなのか、不思議と気にならないから面白いと華弥は思った。

なのに、子どものように無邪気なことを言ったりもする。

そこに惹《ひ》かれるから、きっとそれが美幸の魅力なのだろうなと華弥は思った。

「そう、でしょうか」

「ええ、そう。だって普通、こんな場所に馴染まないし。若い人というのはどうしても、古いことを嫌って、便利で新しいことを好むから」

「便利で新しいことは、悪いものでしょうか」

「いいえ、悪くはないわ。けれど、使い手までもが賢いわけではないから」

相変わらずの毒舌っぷりに、華弥は笑ってしまう。

そして美幸の言葉に思い当たる節があるとしたら、一つだ。母である。

「母がよく言っていたのです。なぜそれをするのか分からないような理屈に合わない古いことでも、それが今まで続けられてきたことには意味があるのだと」

「へえ。いいお母様だわ」

「はい。とてもいい母で、そしていい師匠でした」

華弥の自慢だ。

しかし美幸は続けて言った。

「ただ、これも覚えておいて。――この世には、まったく意味がない個人の都合だけで捻《ね》じ曲げられ、生み出された古い常識もあるのだということを」

……え？

妙に含みのある言葉を聞いたとき、だった。

『し、失礼します……』

外から、震えた声が聞こえたのは。

目配せをされ、華弥は慌てて面布の紐を額に巻いた。それを確認してから、美幸は入室の許可を出す。

入ってきたのは、吉乃《よしの》だった。

その手には何もなく、華弥は首を傾げる。

あれ、吉乃さんは確か、牡丹《ぼたん》の簪《かんざし》を取りに行ってたような……。

ひやりと、背筋が冷える感覚があった。

その予感が、当たる。

「た、大変です……頼んでいた牡丹の簪を作ってくれた職人さんが、強盗のせいで怪我《けが》をして……簪も、盗まれてしまったんです……！」

吉乃が真っ青な顔でそう叫んだ瞬間、華弥の目の前が真っ暗になった——

＊

葵木八重は、怒っていた。

「どうして、女一人満足に連れてこられないのよッッ!?」

華弥を誘拐する計画が、まったく上手《うま》くいかないからだ。

護衛がいるときに失敗するのならまだ分かる。しかし、華弥が一人で外出したときさえ上手くいかなかったと言うではないか。

邪魔が入ったとか、色々と言い訳を述べていたけれど……どちらにしても、髪結い師が手に入らないのだから意味がないわ。

八重は、他の現人神《あらひとがみ》からしてみたら覚醒が早い部類だった。

だから、髪結い師もできるだけ早く取りたかったのだ。華弥を手に入れたかった。

その上、次に気に入っていた路子《みちこ》に関しても、梅之宮家が守っている始末だ。何から何まで生意気だと思う。

そうなると、妥協するのが馬鹿馬鹿しくなってくる。

そもそも、八重は妥協をするのが嫌いだ。努力することも嫌い。手に入らないものがあるのも気に食わないし、自分よりも目立つ存在はもっと嫌いだ。

だから今、八重の通う女学校で同級生たちからの視線を一身に浴びている梅之宮美幸のことは、一番気に食わなかった。

その気に食わない女が、欲しかった玩具《髪結い師》を持っている。

これ以上に気に食わないことはない。

そう怒り狂い、癇癪《かんしゃく》を起こした八重のもとに、ある情報が入ってきた。

「……なんですって？　あの梅之宮美幸が、牡丹の簪を大量に作らせた？」

しかも、期日がかなりギリギリだという。そう、春祭り当日の朝だ。

春祭りには八重も参加する。

ならその簪を盗めば、どうなるだろうか。

盗んだ挙句、その簪を八重がつけて春祭りに参加すれば？

そんな妙案が頭の中を駆け抜けていき、八重は先ほどとは一変して瞳を輝かせた。

きっと簪職人に割ける人員などいないから、見張りはいないだろう。盗みくらいなら、晃彦《あきひこ》が飼っているごろつきにだってできるはず。むしろ、それくらいできなければなんのための人員だろう。

何よりこの作戦の良《い》いところは、美幸に恥をかかせられることだ。

そして、八重を選ばず美幸に仕えている華弥にも、目に物を見せてやれる。

「そう、そうよ。華弥が絶望する顔が目に浮かぶわ。そして泣いて許しを乞い、わたしの髪結い師にさせてくれと懇願させてやる……！」

＊

簪が盗まれた挙句、頼んでいた簪職人まで怪我をした。

その話を聞いた後の梅之宮家侍女兼女中頭の対応は、迅速かつ的確だった。

まず、数人の使用人をすぐさま現世《うつしよ》へ帰還させ、屋敷《やしき》にあるだけの髪飾りや小物類を持ってこさせた。

彼らの額には大粒の汗が浮き出ており、かなり走ったことが分かる。相当急いでくれたのだろう。

華弥に、できる限りの時間を与えるために、だ。

実際、時間は限られている。早めに来ていた華弥たちだったが、この簪騒動のせいで、一時間を無駄にしてしまった。残りは一時間程度。とてもではないが、凝った髪型はできそうにない。

「依頼したものがないのであれば、致し方ありません。持っているものでどうにか、新しい髪型をお願いいたします」

「……わ、わかり、ました」

巴からそう言われた華弥だったが、自分でも驚くくらい動揺していた。

それは、牡丹の簪が使えなくなったからだけではない。

作ってくれたあの気の良い職人たちが、あまつさえ怪我をしたと聞いたからだ。

吉乃も時間がなかったため、彼らの傷の具合がどうなのか分からないとのこと。

何より、誰がこんなことを、いったいどういう目的で行《おこ》なったのか見当がつくだけあり、怒りだけでなく申し訳なさや悔しさ、悲しさといった負の感情が、頭の中でごちゃ混ぜになっていた。

とてもではないが、いつも通り仕事ができる精神状態ではない。

何より情けないのは、これくらいのことで動揺し混乱して、美幸に恥をかかせようとしている愚かな自分自身だ。

華弥は櫛《くし》を持とうとして、やめた。このままだと、絶対に取り落としてしまうと思ったからだ。

落とした櫛は縁起が悪いので、一度踏んでから拾うもの。

そして踏んだものを美幸に使うことは、絶対にできない。

いくら替えがあるとはいえ、この動揺した状態で慣れていない櫛を使うのは自殺行為だ。

……切り替えなきゃ。落ち着かなきゃ……。

しかしそう思えば思うほど、焦りが増すばかりで。呼吸がだんだんと浅く、そして苦しくなってくる。

……どう、したら。

そう思い、項垂《うなだ》れたときだった。

「――華弥さん、大丈夫です」

そんな言葉と共に、そっと背中を撫《な》でられた。

声と手だけで、それが斎だと瞬時に分かる。

「緊張するのは分かります。あなた一人に、ありとあらゆる重圧をかけていること、申し訳なく思います」

「あ……」

「ですが、いつも通り。いつも通りでいいのです。華弥さんが今までしてきた仕事と同じように、丁寧で相手のことを考えた髪結いをしてください。あなたにとっては普通のことは、僕たちから見れば『特別』ですから」

そう今までにないくらい優しい声で言われ、華弥はぼんやりと梅之宮家での生活を思い出していた。

……私、どんな仕事をしたっけ。

色々なことがつらつらと、走馬灯のように流れていく。

転校初日に選んだ着物や髪型。お茶会のために外出して髪飾りを揃《そろ》え、美幸の友人たちを喜ばせた。

その過程でたくさんのものに触れ、たくさんの人とかかわった。

そのとき、華弥はふと美幸がお茶会の後に答えてくれた言葉を思い出す。

『わたくしにとって現人神というのは、もう一人の自分、その延長よ。そして髪結いは、その延長線上にいるわたくしに変わるために必要な儀式。そして、現人神としてのわたくししから今のわたくしに引き戻してくれる、欠かせないものだと思っているわ』

もう一人の、自分。その延長。

そして髪結いというのは現人神にとって、神力を整え、力を最大限発揮するための必要不可欠な儀式。

それを思い出した瞬間、華弥は自身の両頬を勢い良く叩《たた》いていた。

その場にいた全員が、華弥の突然の奇行に仰天する。

「あ、あの、華弥さんっ？」

「……斎さん。私、間違っていました」

「え？」

「髪型だけで目立つ必要なんて、まったくないのです。だって、いつだって主役は美幸様ご本人ですから」

牡丹尽くしにして目立とうとか、はなっから間違っていたのだ。

そして美幸を一番輝かせるモノは、もうこの場に出揃っている。

華弥は、自身の道具箱の中から小さな桐《きり》の箱を取り出した。開けば、そこにはちんまりと小さな帯留めが鎮座している。

そう。お茶会のための買い物をした際、斎が買ってくれた獅子《しし》を模した陶器の帯留めだ。

「巴さん、申し訳ありません。美幸様の帯締め、この帯留めが通る平たいものに変えていただいてもいいですか？」

「これは……獅子、でしょうか？」

「はい。ちょっと可愛《かわい》らしすぎるので魔除《まよ》けにはならないかもしれませんが……けれど、必要なので」

それに、東堂が作った梅の簪、リボン。あと必要なのは、鶯《うぐいす》を模した何かだろうか。

確か、鶯の簪があったはず……。

「吉乃さん、髪飾りが入った箱から、鶯の簪を取っておいてください。あと確か、鶯色のリボンもあったはずです。それもお願いします」

「わ、分かった！」

今まで使ってきた髪飾りと、華弥なりの解釈を含めたとっておきの髪型。

それはきっと、美幸を一番輝かせてくれるはずだ。

だって美幸様は転校初日のとき、とっても喜んでくださったから。

現に今も、美幸はどことなくワクワクした表情で華弥を見ている。

「ねえ、華弥。あなたいったい、何をするつもりなの？」

「はい、美幸様。これから美幸様を、春の化身にさせていただきます。そのために――私にすべてを預けていただけますか？」

そう言うと、美幸はその藍玉のように美しい瞳を大きく見開いた後、とろけるような笑みを浮かべたのだった――

＊

神族の春祭り。

それは、帝都で開かれる中では一番規模が大きく、また有名な祭りだった。

有名な理由は二つある。

一つ目は、国神の衛士《えじ》の一人、春光衛士が参加されるから。

そして二つ目は、神輿《みこし》に乗った現人神《あらひとがみ》が帝都をぐるりと回るからだ。

神族の大半が、二つ目を重要視する。なぜかというと、それを『顔見せ』の場としてとらえているからだ。

特に帝都に来るような家系は、『顔見せ』をすることで自身たちが崇《あが》める現人神への信仰を、より高めようとしている。本来であれば抽象的な存在に実体を持たせることで、想像力を強化するのが狙いだった。

もちろん、そんなことはしたない行為だとする神族も多くいるが、事実、この方法を使って神力を高めた神族家系は多かった。ゆえに、今最も効果を期待されている方法なのである。

それもあり、神族にとって春祭りは若き現人神の登竜門のような扱いを受けている。

そんな春祭りに参加する現人神は、今年は三柱だった。

一柱目は、東の神族・仲桃原《なかとうばる》家の現人神だ。

二柱目は梅之宮家の現人神・美幸。

そして三柱目は葵木家の現人神・八重である。

誰も彼も、まだ十代。若き現人神たちだ。

三柱はこれから神輿に乗り、常世《とこよ》の帝都内を練り歩くのだった。


葵木八重は、上機嫌だった。

それもそのはず。梅之宮家が注文していた牡丹《ぼたん》の簪《かんざし》を無事盗み出したからだ。

その際、職人に目撃され怪我《けが》を負わせたらしいが、相手は所詮庶民だ。そのときに起きた事件が明るみに出てもいくらでももみ消せるし、何より八重の邪魔をしようとしたのだから当然の報いを受けただけだ。いい気味だとすら思う。

しかしそれ以上に八重を上機嫌にさせていたのは、奪った簪が想像以上に良いものだったからだ。

本物の牡丹と見間違えるほどの美しさは、とてもつまみ細工で作ったとは思えない出来栄えだ。こんな上等なものを作れるのであれば、怪我をさせたのはもったいなかったかもしれない。

こんなに腕がいいんだったら、うちの花である葵の花も作らせればよかったわ。

肝心の髪型は、まあまあと言ったところだ。そこそこ知名度のある髪結い師を脅して、無理やり契約させた。

髪結い師に関してはあまり納得していないが、簪の質が良かったためとりあえず満足する。

けど、さっさともっといい髪結い師を見つけなきゃ。

正直、この女は間に合わせでしかない。いないと恥ずかしいから、とりあえず用意させたに過ぎないのだ。現人神の顔見せの場に髪結い師がいないだなんて、あり得ない。つまり、面子《メンツ》を保つための緊急措置である。

だからこの春祭りが終われば、八重は華弥を誘拐して虐げ、死ぬまで奴隷のように働かせようと考えていた。

このわたしを辱めたんだもの。一生かけて償ってもらわないと。

そう思いながら、八重はいち早く神輿に乗り込んだ。

神輿は春祭りの会場を出発し、市街を一周して戻ってくる。

神輿を担ぐのは一族の男衆で、八重はと言えば綺麗《きれい》に微笑《ほほえ》みながら座っているだけだ。

退屈だが、周りからの視線を一身に浴びるであろうことを考えれば、気分も上がる。

順番は爵位で決まるため、梅之宮家、仲桃原家、葵木家の順で神輿が並ぶことになっていた。

しかしこんな素敵な牡丹の簪をつけているのだ。きっと誰もが八重に注目するだろう。

何より、この簪を見たときのあの女の顔はきっと、見ものだもの！

いったいどんな顔をしてくれるのだろうか。そつがないお高くとまった態度から一変、怒りに顔を歪《ゆが》ませるのか。それとも憎悪を向けてくるのか。

どちらにせよ、愉快なことには違いない。

だから八重は安心して、扇子をはためかせながら座っていた。

そうしているうちに、仲桃原家の現人神がくる。そして最後に、美幸がやってきた。

扇子で顔を覆い隠しながら、八重はその様子を見つめる。

瞬間、八重は息を呑《の》んだ。

——きれい。

そんな気持ちが、胸の内側からあふれてきたからだ。

そう。八重は見惚《みほ》れたのだ。美幸に。

否、その髪型に。

美幸がつけていたのは、紅梅と鶯の簪、そして菫色《すみれいろ》、鶯色のリボンだった。

髪型はなんといったか。束髪のマガレイトといったか。それに近い形で、しかし編み込みを多くして簪を挿しやすく工夫してある。

簪は梅に鶯。春の取り合わせだ。

着ている振袖は満開の牡丹が花咲く淡蘇芳《うすすおう》のもので、白の半襟にも牡丹の地模様が入った美しいもの。

それらすべては、恐ろしいくらい調和がとれていて。何より、あふれんばかりの神力を感じた。

八重の表情に、亀裂が走る。

そんな、馬鹿な。

このわたしが、まさか、負けるはず、ない。

そう否定したかったのに。


神輿に乗った現人神の中で、一番注目を集めていたのは美幸だった。


その髪型の美しさに。

そして神力の美しさに。行き交う生き物たちは魅せられていた。

確かに今の美幸は、すさまじい神力を放っている。

なんで、どうして。

「どうして、あの女ばかり注目されるの……！」

ぴしり。

八重が持っていた扇子が、ひび割れる音がした——

＊

現人神と髪結い師は、一心同体。

そういう原理もあり、華弥は美幸が乗る神輿に同乗していた。

ただ、真ん中に座る美幸とは違い、華弥はその斜め後ろだ。柱に隠れるようにして、華弥はそうっと、街中にいる神族やぼんやりとした影たちがどういう反応を示してくれるのかを見ていた。

あのぼんやりとした影は、常世の住人らしい。あれが人に見えるのは、現人神くらいだとか。

ただなんとなく、彼らがどういう感情で美幸を見ているのかは分かる。好感を示しているときは、影が大きく揺れるようだ。

結果、反応は良好。

しかしそれだけでは安心できない。

そもそもの今日の目的は、春光衛士の目に留まること……。

そのために、華弥も美幸も。否、梅之宮家全員が、怒りをこらえている。

だって葵木八重がつけていた簪は、私が東堂さんに頼んだものだったから……。

まさか盗んだ挙句、それをこんな場に我が物顔で見せびらかすようにつけてくるなど、誰が考えただろうか。

倫理や道徳以前に、人として必要な心がまるでない。

何より華弥が怒りを覚えたのは、八重の背後にいた髪結い師の態度だ。端に寄り、見るからに縮こまっている。無理やり髪結い師にさせられ、八重に無茶を言われているのが一目で分かった。

華弥が髪を結っていたときも要望が多かったり細かかったりとわがままなところはあったが、そこまでではなかった。

しかし美幸にしたことや、華弥を囲おうとしたことなどを踏まえると、こちらの態度が彼女の本性なのだろう。そう思うと、色々な意味でやるせない気持ちになる。

けれど……斎さんが、どうにかしてくれると言ったから。

華弥をここへ送り出す前に、斎は「この春祭りが終わった後、しかるべき措置を取ってちゃんと罪を償わせる」と言ってくれた。

その瞳に嘘《うそ》偽りはなく、また怒りをたたえていたので、彼も相当腹に据えかねているのだろう。しかしそれを見ていたこともあり、華弥はここで比較的落ち着いて、状況を確認できていた。

ふう、と華弥は息を吐き出す。

そう。今は葵木八重のことなど、どうでもいいのだ。眼中にすら入らない。

一番の問題は、華弥が考えていることが、春光衛士に通じるのかどうかだった。

そんなことをつらつらと考えているうちに、神輿は街中をぐるりと一周して神社に戻る。

意外にも進行が早く感じるのは、華弥がそれだけ緊張しているからだろうか。

そうして一番初めについた美幸と華弥を社殿内で待ち受けていたのは、春光衛士その人だった。

春光衛士は、亜麻色の長髪に若草色のたれ目をした、温和そうな殿方だった。髪は銀の簪でまとめており、牡丹の生花がともに挿してある。

着ている浅紫色の狩衣《かりぎぬ》も地紋に牡丹が描かれていて、品があるのにとても洒落《しゃれ》ていた。

上座に座る姿もどことなく優雅で、ほのかに白檀《びゃくだん》の香りがしてくる。

その呼び名の通り、春の暖かさをたたえたような、美しくも儚《はかな》く、柔らかい空気を持つ現人神だった。

呼び名は、彼が衛士として選ばれるのと同時に国神から直々に授けられたものだ。名は体を表すとは言うが、本当にそうなのだなと華弥は実感した。

微笑みをたたえた春光衛士は、美幸を見ると一瞬だけ目を見開き、しかし嬉《うれ》しそうに顔を緩めて迎えてくれる。

美幸たち現人神《あらひとがみ》が一番前に、そして次に華弥たち髪結い師、その後ろにそれ以外の神族、といった位置で座った。全員が定位置についてから、春光衛士は口を開く。

「初めまして、若き現人神の皆さん。春祭りへの参加、ご苦労様でした。我々の祭りに、現人神の存在は必要不可欠なもの。こうして皆さんが参加されたことを、わたしは一現人神として大変喜ばしく思うよ」

そこまで告げてから、春光衛士は現人神一柱ずつを見た。

「さて、実を言うとこの春祭りに関して、わたしから伝えることは毎年変わっていなくてね。今回もその話をしよう。それは――わたしたちにとって、髪結いというものがどういうものなのか、ということだ」

春光衛士は、自身の胸元にたたんだ扇子を当てた。

「我ら現人神がどうして、髪を粧《よそお》うのか。皆さんも考えたことはあるかと思う。これに関して賛否あるのは知っているけれど、わたしは毎回こう言っている――わたしたち現人神が、より現人神らしくあれるようにするため、だと」

そう言うと、春光衛士は自身の髪から牡丹《ぼたん》の生花を抜き取った。

「わたしが好んで牡丹の装飾をつけるのも、それが一番わたしがこの名を持った現人神としてあれると、そう信じているから。牡丹の花は、わたしの一族における家紋だからね」

牡丹を手先でいじりながら、春光衛士は笑みを浮かべた。

「だからわたしは、流行だとか七十二候に合わせた装いだとかいうものよりも、その現人神が自身が抱える現人神としての力を最大限に引き出せる髪型、髪飾りというものを、皆さんにはぜひ選んでいって欲しいと思っているんだ。それは、神力という形で顕著に現れるからね」

その言葉は、春光衛士が暗に「髪型までも牡丹に揃《そろ》えなくていい」と考えていることを伝えてくれた。

そして春光衛士は、美幸を見た。

「だからわたしは梅之宮の方を見たとき、とても驚いたんだよ。神力の質も量も、この歳《とし》の現人神の中では段違いだと」

唐突に視線を向けられた華弥は、面布《めんぷ》の下で表情をこわばらせる。

……きた。

華弥自身が視線を向けられているわけではないが、美幸が名指しされたことに思わず緊張する。

一方の春光衛士は、嬉しそうに笑みをたたえながら言った。

「梅之宮の方、その装いは——春の始まりから終わり、すべてを表したものだね？」

「——はい」

問われた美幸は、笑みをたたえながら深く頷《うなず》いた。

「髪飾りは梅と鶯《うぐいす》にし、春の始まりを。そして着物に牡丹、帯留めに獅子《しし》を使い、獅子に牡丹という、一番取り合わせの良いものを選んでおります」

『梅に鶯』『獅子に牡丹』——これらは伝統的な「仲の良い間柄」「絵になる取り合わせ」のことだ。よって一緒に活用すると好《よ》いものだとされている。

そして鶯は春告げ鳥とよばれる鳥だ。梅も春の始まりに咲く花だとされている。よって、春の始まりの取り合わせだ。

牡丹に至っては言わずもがな、七十二候における春の最後に咲く花である。獅子とよく合わせられるのは、「獅子身中の虫」という言葉からきているという説がある。

獅子の身中には、獅子に寄生しているにもかかわらず獅子を死に至らしめる虫がいるのだとか。そしてそれを癒《いや》すために必要な薬が、牡丹の花に溜《た》まる朝露なのだという。

そういった点も加味して、華弥はめいっぱい美幸が美幸らしくあれるよう、工夫を凝らした。

リボンに菫色のものを使ったのも、髪型をマガレイトに似た形にしたのも、そのためだ。

『わたくしにとって現人神というのは、もう一人の自分、その延長よ』

現実の中の、非現実。

そう思ったから、華弥は敢《あ》えて美幸が喜んでいたときに使った髪飾りや髪型を元にしながら、大胆に変えた。そうすることで、美幸がもう一人の自分を自覚しやすくしたのだ。

その上で、美幸はそれらを隠して春光衛士に告げる。

「そして梅の花は、わたくしの一族の家紋にございます。これなくして、わたくしはきっと現人神にはなれないことでしょう。ただ……このことに気づいたのは、わたくしもつい先ほどでした」

美幸はそう言うと、ちらりと華弥を見た。そしてとろけるような笑みを浮かべる。

「わたくしの髪結い師が、気が付いてくれたのです。彼女と前もって婚約を結んでいたわたくしの側近の慧眼《けいがん》に、心より感謝いたしました」

その言葉に葵木家に対しての毒が含まれていたことに気づけた者は、いったいどれくらいいるのだろうか。

美幸は相変わらず毒舌だな、と華弥はこっそり苦笑する。ただ、彼女がそれだけ怒りを覚えてくれていたことを知って、少しだけ胸が温かくなる。

華弥は、面布を被《かぶ》っているのをいいことに視線だけを八重に向けた。

瞬間、鬼のような形相をした八重の横顔が目に入る。

どうやら、美幸が八重を揶揄《やゆ》したことは分かったようだ。

虎の威を借りる形で申し訳ないが、それを見た華弥は胸がすくような心地になった。

何より、春光衛士に褒められたのは純粋に嬉しい。

肝心の春光衛士はというと、美幸の発言に頷きながら微笑《ほほえ》んだ。

「その歳でその姿勢、大変よい！　梅之宮の方、専属髪結い師共々、今後の活躍を期待しているよ」

「身に余るお言葉にございます」

「……ああ、ただ、一点。その着物と髪飾りに合わせるのであれば、帯留めはもう少し高価で、獅子らしいものがよいと思うよ。今のままだと、獅子というよりは猫のようだから」

そこを指摘され、華弥はぎくりとした。

やっぱり、急ごしらえなのが見破られている……。

言い訳をするのであれば、手元にあった獅子の意匠を模したものがあれだけだったのだ。

なので今回は見逃して欲しいと思う。

ただ、今回の目的でもある『春光衛士の目に留まること』が無事達成できたのは、幸運だった。

次からは、こんなことにならないようにしないと……。

そう思いつつ、華弥がほう、と息を吐いたときだった。

「……させない。許さない……！」

小さな声でそう呟《つぶや》くのが聞こえ。

「――華弥ッッッ!!」

斎の、ひどく焦った声が耳朶《じだ》を打ったのは。

――バシャッ！

次の瞬間、華弥はなぜか頭から水を被ることになった。

挙句後ろに引かれ、まるで顔を隠すかのように腕が回される。

はらり。

自身の膝の上につけていたはずの面布が落ちたとき、華弥は目を見開いた。

なん、で。

わずかに焦げた臭いと、水の滴る音、そして後ろから華弥を抱え、息を切らせながら顔を隠してくれた斎の姿。

それが、今の華弥に分かるすべてだった。

「――これはいったい、どういうことかな？　葵木の方」

春光衛士のその言葉に、華弥の意識は現実へと引き戻された。

すると、斎が険しい顔をしながら口を開く。

「春光衛士。発言してもよろしいでしょうか？」

「許可しよう」

「ありがとうございます」

華弥の顔を隠しながら、斎は口を開く。

「まず、わたしがこのようにして、現人神方のおわす場に介入させていただいた理由について、ご説明申し上げます」

そう前置きし、斎は淡々と状況を語り始めた。

「わたしがこのような愚行に走ったのは、華弥の髪……具体的に申し上げますと、華弥の面布紐《めんぷひも》近くに小さな火が灯《とも》ったためです。それに気づいたわたしは、神力を使って水を生み出し、華弥の頭にかけました。そしてそのままですと、華弥が常世《とこよ》にて顔を晒《さら》すことになってしまうと思い、今このようにして彼女の顔を隠させていただいております」

「よろしい。わたしも、一部始終は見ていたからね。ただ背後までは分からなかったから、君の証言はとても有益なものだった」

「身に余るお言葉にございます」

斎と春光衛士がそのようなやりとりをしているのを、華弥は混乱した頭で聞いていた。

ただ同時に、斎がどうして水をかけたのかを悟り、少しだけ心が落ち着く。

しかし、問題はそれだけでは終わらなかった。

春光衛士は改めて、八重を見る。

「――それで、葵木の方。これはどういうことなのかな？」

そして、最初と同じ言葉を吐いた。

それに対して、八重は焦ったような声で言う。

「い、いったい何のことでしょう」

「とぼけられるとでも思っているのかな？　君は今、神力を使った」

「そ、そのようなことは……！」

「これは質問ではない、断定だ。よもや、このわたしがそれに気づかないとでも？」

今まで柔和で穏やかな語り口だった春光衛士の声が、ぐんぐん低くなり、そして冷めていくのを、華弥は肌で感じ取っていた。

重たい。空気がとても。

しかしそんな華弥の様子を察してか、斎が抱き締める力を少しだけ強くした。

大丈夫。

そう言われているようで、華弥はこわばっていた体から少しだけ力を抜く。

その間にも、春光衛士による追及は続いていた。

「そもそもわたしはね、葵木の方。梅之宮から新聞記者を通じて、君たちの行《おこ》ないについての報告を受けているのだよ」

「……は？」

「だから、君が梅之宮の方の髪結い師に何をしようとしたのか、もう知っている」

「そ、そんなの、でたらめ……！」

「――神力すら満足に制御できない半人前の現人神《あらひとがみ》ごときが、国神様がおまとめになられる情報部を愚弄するのか？」

「！　い、いえ……断じて、断じてそのようなことは……！」

八重が言い訳に言い訳を重ねていくのを見かねたのか、今度は八重の母親が発言の許可を求めた。

「春光衛士《えじ》！　発言の許可をいただきたく……！」

「……どうぞ」

「そもそもです！　あの髪結い師のほうが、うちの娘に不義理を働いたのです！　ですから、もし娘に何かされたとしても、」

「黙って呑《の》み込め、と？」

あまりにもめちゃくちゃな理論に耐えかねたのか、春光衛士の声が、より一層低くなる。

その圧に、八重の母親は身を震わせた。

そして春光衛士は、どうする？　とでも言いたげな顔をして、美幸を見た。

「梅之宮の方。この問題は君たちと葵木の方の問題だ」

「はい、春光衛士。このような形で巻き込んでしまい、大変申し訳ございません」

「いや、君たちが春祭りの後にしかるべき方法で断罪しようとしていたのは知っているから、わたしがその点に関して指摘することはないよ。ただ……このまま、わたしが処理しても構わないかな？」

「――いえ。ここからは、わたくしにやらせていただけたらと思います。わたくしは、梅之宮家の現人神にございますので」

「……そう。分かったよ」

そう言うと、春光衛士は扇子を開いて静観の構えを見せた。

一方で美幸は立ち上がり、座り込む八重の前に立ちふさがる。

「葵木の方。まず、この場でご指摘申し上げる点が三つございます」

「……なんだって言うのよ」

「一つ目。その簪《かんざし》にございます」

美幸は普段よりも畏《かしこ》まった言い方でそう言うや否や、八重の髪から簪を一本抜き取った。

驚いた八重がそれを取り返そうとするが、美幸はひょいっと持ち上げて春光衛士のほうを向く。

「葵木の方はいまだにお気づきになっておられないようですが、こちらの簪……いえ、この簪が入っていた箱と敷布《しきふ》には、ある細工がしてございました。神族の方々ならばご存じの、神力の付与にございます。つまりこの簪はそもそも、梅之宮家が注文したもの……窃盗品だということです」

その話は、華弥が以前美幸の梅のつまみ細工と、バレッタを作ってもらった際に聞いたものだ。

確か、神族は商品を注文する際、前もってその商品が自分のものであることを示すために、箱に家紋と神力を付与して、それを入れ物として使ってもらうって……。

そこで華弥は、こういうときのための細工なのだな、ということを悟った。

八重が悔しそうな顔を、後ろに控える葵木家の人間たちが青い顔をする中、美幸はなおも続ける。

「二つ目。こちらは、葵木の方のお母君でしょうか。先ほど、わたくしの髪結い師が不義理を働いたから、何をされても黙っていろ……といったことを仰《おっしゃ》ったかと思います」

「あ、そ、それ、は……」

「ですが、髪結い師と現人神というのは、一心同体にございます。つまり先ほどの発言は、わたくしに対しての葵木家での認識でもある、ということになります。違いますでしょうか？」

「そ、れは……っ！」

「またどちらにせよ……このような神聖な場で、人を焼き殺そうとしたのです。それが許されるなどと、どうして思われるのでしょうか？」

淡々と、だが確実に葵木家を追い詰める発言を重ねていく美幸。その声はひどく冷え切っていて、普段の美幸を知っている華弥でさえ全身が震えた。

「──違うわ！」

しかしそこで、八重が金切り声をあげた。

八重は焦った表情をして、まくしたてるように言う。

「ちょ、ちょっとした事故だったの、感情が抑えきれなくて、つい……！」

「つい、殺そうとしたと？」

「ち、ちがう！　わたしは、あの女の面布紐を焼こうとしただけ！　だから、ちょっとしたいたずらだったのよ……！」

わけの分からない言い訳を重ねる八重に、美幸は溜息《ためいき》をこぼした。

「感情が抑えきれず、事故を起こしたというのであれば、現人神として由々しき行為にございます。今すぐにでもご自身の派閥の長である南の部族長に連絡して、再教育していただくのがよいのでは？」

「そんなこと……！」

「そして葵木の方が仰るように面布紐を焼こうとしただけだったのだとしても、それは殺人に他なりません。何故《なぜ》この常世において、人間が面布で顔を隠すのか……流石《さすが》のあなたもご存じだとは思うのですが」

常世で、人が面布を外してはならない理由。

それは至極簡単だ。

常世に——人ならざる者たちが集まる場所に引きずり込まれ、食べられてしまうから。

人間は、彼らにとっては美味《おい》しい餌でしかない。精気の詰まった餌だ。

だから、神族のような抵抗力のない人間は顔を隠すのである。

現人神が逆に顔を晒すのは、そうすることで自身の能力を周囲に知らしめることができるからだ。

だから、もし面布が取れる前に斎が顔を隠していなければ、華弥は今頃。

そう自覚した瞬間、体がカタカタと震え始める。

私、本当に危ない状況だったんだわ……。

そんな華弥を守るように、美幸が最後の指摘を告げた。

「そして三つ目。葵木家の、神族としての自覚が足りぬ行動……そして葵木の方。あなたの、現人神としての自覚が足りぬ行動。その情報を集め隅から隅まで、すべて黄雲社の方にお渡ししてございます。——真相は明らかになりますでしょう」

「な……！」

そのときだった。春光衛士が待ってましたとばかりに扇子を閉じると、奥から何人もの着物姿の男性たちが現れる。

彼らは葵木家の人間たちを次々捕らえると、どこかへと連れて行った。

肝心の八重は最後まで抵抗しようとしたが叶《かな》わず、同じように連れて行かれる。

「なんで……なんでわたしがこんなことに……！」

最後にあげた声は、静まり返った社殿内にゆっくりと溶けていったのだった。

「……さて。予想外のことは起きたけれど、無事に上手《うま》くまとまったようだね」

春光衛士はそう言うと、美幸、斎、華弥の順に視線を向ける。そのとき、斎はようやく動き出し、いつ用意していたのか袂《たもと》から新しい面布を取り出して華弥の額に巻いてくれた。

あまりにも用意がいい夫に、今回ばかりは驚くしかない。

その用意周到さになのか、それとも別のことも含めてなのか。春光衛士は感心したように言った。

「梅之宮家、なかなか期待できそうな顔ぶれだね。梅之宮の方」

「もったいないお言葉にございます」

美幸がそう頭を下げた後、春光衛士はぱちりと扇子を開いた。

「さて、不届き者のせいで、せっかく祭りで整えた場が乱れてしまった。だからここはわたしが、祓《はら》いをしようか」

瞬間、空間に亀裂が走る。

そうして社殿内に、ふっくらとしたつぼみが現れた。

それは社殿から外へと走り続け、やがて神社中にぽつりぽつりと広がっていく。

春光衛士が広げた扇子を皿のようにして息を吹きかければ、つぼみが一瞬にして花開き、大輪の牡丹《ぼたん》を咲かせた。

その幻想的な光景を見た華弥は、ほうっと吐息を漏らす。

簪が盗まれたり、殺されかけたり、とても平穏とはいかない春祭りだったが、この光景を見られただけで、今までの苦労が浮かばれるような気がする。

そんな華弥たちの様子を、春光衛士は笑みを浮かべながら見ていた。

「若者たちの先行きに、幸多かれ――」

――こうして、波乱ばかりの春祭りは、幕を閉じたのであった。

終章

春祭りを終えた一週間後。

華弥《かや》は斎《いつき》と一緒に、つまみ細工職人の工房へお見舞いに来ていた。

話を聞く限り大事《だいじ》には至らず、数日で病院から退院できたとのことだったが、それでも気になる。

また、彼らのほうから謝罪がしたいという申し出もあり、華弥はこうして斎と再び工房にやってきたというわけだった。

「ごめんください」

玄関先でそう一声かければ、いつぞやのときのように「はあい！」という声と共に、どたばたと音がした。

そうして現れた東堂《とうどう》は、頬に痣《あざ》があるものの、元気よく二人を迎え入れてくれる。

「あ、梅景《うめかげ》さんですね！　親方ぁー！　梅景さんがきましたー！」

すると奥から「うるせえ！　ちゃっちゃっと中に通すんだよ！」と怒鳴る声が聞こえる。

華弥と斎はそれを聞いて、思わず、笑ってしまったのだった。

「──いやあ、本当にすみませんね。強盗のせいで、納品が上手くいかず……」

居間について早々、小野寺《おのでら》はそう頭を下げてきた。

しかし華弥はそれよりも、小野寺の足に巻かれた包帯のほうが気になって仕方ない。

「いいえ、頭を上げてください！　それよりも、皆さんお体のほうはいかがですか？」

そう言うと、茶と華弥たちがお見舞いに持ってきた羊羹《ようかん》をお盆にのせた東堂が、声を上げた。

「それなんですけどね、親方、強盗に飛び掛かろうとしてしまって」

「え」

「けどその前に、足をもつれさせてすっころんでしまったんです」

「そ、それは……」

なんと言ったらよいのだろうか。

反応に困った華弥だったが、小野寺が「師匠の恥をさらすんじゃねえやい！」と照れた様子で言ってきたので、つられて笑う。

「商売道具の手は守ったんだから、いいんだよ！　そう言うお前こそ、殴られてんじゃねえか！」

「俺だって、手は守ったんですからいいんですよ。でも親方は足じゃないですか！　生活に支障があるでしょう、無理したらだめですからね！」

「わーってるって。たっく、こいつ、今まで引っ込み思案だったのに、俺が怪我《けが》してから小うるさくなっちまったんですよ。母親ができた気分でさあ」

「ふふふ。いいではありませんか。お弟子さんに従って、怪我、ちゃんと治してくださいね。親方の簪《かんざし》を待っている人はたくさんいますから」

「……そうですね。ありがてえ話です」

そうにこにこと小野寺とやり取りしていると、斎が初めて口を開いた。

「ああ、そうです。犯人のほうは捕まりましたから、安心してくださいね」

「お、そうなんですか」

「はい。そして、依頼品もちゃんと戻ってきましたから、ご心配なく。こちら、残りの代金です。お納めください」

斎はそう言うと、懐から風呂敷《ふろしき》を取り出し、小野寺に渡す。しかし小野寺は渋面をした。

「しかし、間に合ってねえですからね……」

「いえ、結果として、東堂さんの簪は使わせていただいたのですよ。ほら、以前作っていただいた、梅の簪です」

「ああ、あれですか」

東堂が頬を掻《か》きながら、頷《うなず》いた。

「はい。なので、お代はきちんと受け取ってください。それくらい、この仕事は価値のあるものですから」

そう斎が言うと、小野寺も東堂も虚をつかれたような顔をした。そして背筋を正す。

「――分かりました。ありがたく、受け取らせていただきます」

そう言い受け取った小野寺に、斎と華弥は揃《そろ》って笑みを浮かべたのだった。


そうして工房を後にした華弥は、ふうと息を吐いた。

「本当に、大事に至らなくてよかったですね」

「そうですね。これでおおごとになっていたら、合わせる顔がありませんから」

そう笑いながらも、華弥はここ一週間の出来事を思い出す。

――華弥を巡り、葵木《あおき》家が起こした一連の事件は、紆余曲折《うよきょくせつ》ありながらも落ち着くところまで落ち着いた。

まず、工房を襲ったごろつきに関して。

これはそもそも神族関係者ですらない、晃彦《あきひこ》が学生時代に知り合った素行の悪い人間たちだった、ということで警察に捕まったとか。それ以外にも散々周りに迷惑をかけてきたようで、重い刑にかけられることが決まっているらしい。

その一方で、八重《やえ》以外の葵木家はというと、本家の人間はすべて司法によって裁かれることになったという。

特に、いくら『現人神《あらひとがみ》』とはいえ、実の娘をここまで高慢に育てた罪は重いとして、当主とその夫人は厳罰に処す方針だと聞いた。

晃彦に至っては今回の件以外での余罪が多すぎるらしく、そちらの意味で罪が重くなる予定だとか。

華弥を害そうとしたことが裁かれるきっかけになっただけで、負った罪の多くは完全なる自業自得だった。

警察関係者の中にも神族がいるらしいので、彼らのことはそこがまとめて処理する手筈《てはず》になっているそうだ。

そして今回の事件を起こした当事者である八重は、現人神という特別な立場もあり、南の部族長が身柄を預かることとなった。そこでは今までのような生活はできず女中奉公としてこき使われ、その性根を叩《たた》き直される予定だとか。

ただその未来に関しては、八重本人がどれだけ変われるかにかかっているそうだ。

肝心の葵木家に関しては、分家が継ぐのかどうかで今、絶賛協議中とのこと。

しかし、神族の間でのみ流通する新聞の一面にドーンと『葵木家の不祥事！』『梅之宮《うめのみや》の専属髪結い師、拉致未遂！　殺人未遂!?』なんていう見出しが載ってしまっているのを見る限り、大分いばらの道かもしれない。

そして葵木家の今後の動向に関してだが。梅之宮家としてはひとまず、静観する形を取る予定だと華弥は聞いた。もしも何かあれば、再度介入することもあるかもしれない——

らしい。

これが、葵木家の顚末《てんまつ》だった。

この話を聞いたとき、たった一週間の間でよくもここまで状況が変わったものだな、と華弥は感心した。同時に、梅之宮がそれだけ事前に用意していたことを悟り、本当にちゃんと片付けようとしてくれていたのだなと思って嬉《うれ》しくなったのは、また別の話である。

ひとまず、華弥が知る限りではこんなところであろう。

ただ斎はどうしても、華弥に見せたくない側面に関してはあまり口を開きたがらないので、他にも何かあるのかもしれない。

けれど……その点に関しては、もういいかしら。

二か月ほど、斎と共に生活をして気づいた。斎は、華弥を守りたいからこそ口をつぐむのだと。

それに実際この世界は、触れるのを躊躇《ためら》うようなおぞましさも多分に含んでいて、華弥自身も心が追いつかなくなることがある。

だがどんなにおぞましくとも、斎はその情報を伏せることで逆に華弥が危険な目に遭うのであれば言ってくれる。そう思うのだ。以前きつめに指摘をしたということもあるが、常世《とこよ》に入る際の注意もちゃんとしてくれたから信じた、というのもある。

これがきっと、信頼というものなのだろう。

そう思った華弥はちらりと、斎を見た。

着流しに黒髪をなびかせながら歩く姿は、なんとも言えず様になっている。

出会った当初こそつかみどころがなく胡散臭《うさんくさ》い人だと思っていたが、今は器用そうに見えて案外不器用で、勘違いされやすい人なのだなと思っている。

そして、情に厚い人だ。

じゃないと、私を助けるためにあんなに必死になんて、ならないものね。

一人でこっそり外出したとき、そして春祭りで殺されかけたとき。

そのどちらも、助けてくれたのは斎だ。そしてあんなに焦った顔を見せたのも、あのときだけだった。

だからなのか、以前よりもだいぶ彼との心の距離が近くなった気がする。

この調子なら、今日の夜、例の作戦を決行できそう……。

そんなことを思いながらこっそり笑っていると、斎が首を傾《かし》げた。

「どうかしましたか？　華弥さん」

「い、いえ！　今日の宴会、楽しみだなと思いまして！　料理長が腕を振るってくださるというお話でしたし」

「ああ、そうでしたね。僕も楽しみです」

そう笑みを浮かべる斎の姿は、いつもよりも幼く見えた。

＊

そして夜。

梅之宮家では、宴会が開かれていた。

春祭りを含めた諸々《もろもろ》の、慰労も兼ねての宴会だ。今日ばかりは普段共に食事をしない美幸《みゆき》も上座に座り、同じ広間で食事をする。

そんな今日の料理は、鯛《たい》の炊き込みご飯、鯛と鯵《あじ》と鰹《かつお》の刺身、蕨《わらび》の胡麻和《ごまあ》え、茄子《なす》の味噌汁《みそしる》だった。

宣言通りの豪華な食事に、華弥は思わず目を輝かせる。

何よりすごいのは、刺身三種盛り合わせだ。その上、鯛の炊き込みご飯まである。

手を合わせた華弥は、まず鯵の刺身に手を付けた。

薬味や調味料が小皿に色々と用意されていたがひとまず、わさび醬油《じょうゆ》で一口。

脂が乗った鯵は旨《うま》みが強く、けれど身はしっかりしていて美味《おい》しい。

料理長おすすめの塩ポン酢というものも使ってみたが、これは鯵の脂をほどよく溶かし、後味をさっぱりさせてくれた。

続いて鯛。脂が乗っていて美味しい。ただ鯵に比べると身の弾力がよりしっかりしていて、噛《か》めば噛むほど旨みが感じられた。

最後に鰹。これは生姜《しょうが》醤油でいただいたが、脂が少なくさっぱりとした味わいをしている。薬味をたくさん載せていただくとまたさわやかで、美味しい。

こちらは梅之宮家でよく使われるという辛子醤油でもいただいてみたが、ツンとくる辛みの後に爽やかな香りが抜けていって、わさびとはまた違う美味しさを感じた。

刺身だけでこんなにも楽しめるなんて……。

華弥が思わず感心していると、となりにいた吉乃《よしの》がぎゅうっと抱き着いてきた。

「春祭りが上手《うま》くいったのは、ぜんぶ華弥ちゃんのおかげだよぉー！」

「そ、そんな。皆で頑張ったおかげですよ」

「うっ、うっ。でも、そんな華弥ちゃんばっか危険な目に遭ってゆるせないよう……！」

「え。吉乃さん、な、なぜ泣いているのですかっ⁉」

泣きながらぎゅうぎゅう抱きついてくる吉乃に戸惑っていると、それを見ていた女中が笑う。

「ああ、吉乃、泣き上戸なのよ。お酒入るといつもそう」

「へ、へえ……」

「だけど、華弥さんのことを案じて泣いているのは事実ね」

そう言われると、現金だがなんだか嬉しくなってしまう。家族を亡くしてばかりいた華弥にとってそういった確かなつながりは、何よりも欲しいものだったのかもしれない。

――それから宴会はさらに盛り上がり、酒の飲み比べが始まったり、踊る人が出てきたりと、より愉快になっていった。

＊

その一方で斎は、美幸の横へと強制的に連れてこられていた。

本来であれば主人でもない人間が上座に座るなど大変失礼なことなのだが、しかしそれを指摘する者はいない。それは酔っているからという以前に、斎がここに座ることを気にする人間がこの場にはいない、ということに他ならなかった。

すると、箸をおいた美幸が口を開く。

「ねえ、斎」

「なんでしょう」

「覚悟くらい、できたのでしょうね？」

それが華弥に対する斎の中途半端な態度に対しての言葉だということを、彼は痛いくらいに理解していた。

以前であればはぐらかしただろうが、しかし今は違う。

「……もちろんですよ」

斎は、以前のように遠慮するのをやめることにした。

だからそうはっきりと告げたのだが、それを聞いた美幸が驚いた顔をする。

「あら、意外だわ。どうせまた『僕の存在は華弥さんのことを不幸にしますから』とでも言うのかと思っていたのに」

「……ある意味、事実でしょう」

華弥はきっと、斎がいなければ平和に、そして楽しく暮らしていた。

しかし斎が華弥を知り、そして華弥の母である静子《しずこ》が斎に華弥を託したことで、すべてが変わってしまった。

そのことに対する罪悪感のような何かは、いまだに斎の中にくすぶっている。

だが同時に、華弥の異端性を知った斎はこう思ったのだ。

華弥を見つけたのが自分でよかった、と。

既に、葵木家には見つかっていたわけですし。神族と関わりがあったのであれば、いずれ華弥の能力は周知の存在となっていたことでしょう。

だからむしろ、あのとき静子と邂逅《かいこう》していたことは、斎にとって最大の幸運だったのだ。

――華弥にとっての最善だったかどうかまでは分からないが。

そう自虐する斎に、美幸は肩をすくめる。

「ほんと、斎は自分が嫌いよね」

「ええ、嫌いです。どこまでも身勝手で、それでいて粘着質ですし……この力は、他人を不幸にしますから」

この力は、使った代償として自分の中に眠る欲望をつまびらかにする。心の欲をかき出して、タガを外すのだ。それは飢えに似ている。

それこそ、愛する人を搦《から》めとって不幸にするくらいに。

だから斎はあまり、この力を使いたがらなかった。

そのくせして、まったく万能ではない。

だって現に、斎は。

——大切な人を守れず、亡くした。

それが許せない。これからもずっと、許すことができないだろう。

だが、華弥に対する斎の想《おも》いは、もう取り返しがつかないくらい大きくなっていることも事実で。

それを強く感じたのは間違いなく、華弥が誘拐されかけたとき。そして華弥が死にかけたときだった。

だから斎は、中途半端でいることをやめたのだ。

「僕が必ず、華弥さんを幸せにしてみせます」

そう言えば、美幸がふふっと笑う。

「それでこそ、梅の名を刻む神族だわ――わたくしのお兄様」

美幸の言葉は宴会の喧騒《けんそう》に揉《も》まれて、誰の耳にも入ることなく消えていったのだった。

＊

それから少しして。

華弥はこっそり大広間を抜け出し、庭に出てきていた。

火照った体を、少し冷ましたいと思ったのだ。

あと、少し頭を整理させたかったというか。

すると、千代丸《ちよまる》が音もなくするりと現れた。毛並みが白いためか、夜闇からぼうっと現れたときは幽霊かと思って一瞬身構えてしまったが、そのまま華弥の足元でおすわりをするのを見て、肩の力を抜く。

「千代丸はなかなかの忠犬ね……」

そんなことを呟《つぶや》き、華弥はそっと千代丸を撫《な》でた。白い毛並みは指通りがよく、いつまでも撫でていたくなる。何より千代丸がどことなく嬉《うれ》しそうにしているので、華弥もつられて笑みを浮かべていた。

華弥は、千代丸から手を離す。

すぐそばの大広間からは、いまだに楽しそうな声が聞こえる。それを聞きながら庭をぼんやりと見つつ縁側に腰かけていると、ぎしりと床が軋《きし》む音がする。

「となり、失礼しますね」

そう前置きをしてとなりに腰かけたのは、斎だった。

彼は「夜は冷えますから」なんて言って、華弥の肩にそっと羽織《はおり》をかけてくれる。そのこまやかな気遣いに、華弥はくすくすと笑った。

「ありがとうございます、斎さん」

「いえ。……どうかなさいましたか？」

「と、いいますと」

「いえ、ぼんやりとなさっていたので、何か悩みでもあるのかなと思いまして」

悩み……。

悩みと言われると少し違うが、似たようなものかもしれない。

酒は飲んでいなかったが、場の空気に当てられたのだろうか。口からするりと本音が漏れた。

「……平凡だった生活が一変して、考える間もないくらい忙しくて大変な日々が続いて。

今ようやく、実感が湧いてきたのです」

「実感、ですか」

「はい。それと同時に、今日までの日々が私の夢だったら、と思うと、なんとなく一人で考えたくなりまして」

夢であるはずはないのだが、しかし今までの常識とはまったく違う環境に放り込まれた。だからか、なんとなく足元がおぼつかない。

宴会という気分が高ぶる場にいたら余計にふわふわした感覚が強くなり、それを払しょくする意味で華弥はこうして中庭の縁側にやってきたのだ。

そう言うと、斎はふむ、と顎に手を当てる。

「なら、ちょうどよかったかもしれません」

「……ちょうどよい、ですか？」

「はい」

そう言いながら、斎は懐から桐《きり》の箱を取り出した。開くと、そこには質素だが質のいいことが分かる黒の一本簪《かんざし》が収まっている。

手に取って見てみると、材質は黒檀《こくたん》だと察せられた。その簪の頭には銀で作られた梅の花と蝶《ちょう》が取り付けられていて、美しい。月光にあてると、銀の梅と蝶がきらりと輝いて見えた。

「僕からの、贈り物です」

「……斎さんからは既に、色々といただいていると思うのですが」

「いえ、簪を贈るのは、伴侶の特権ですから。特にそれが異性なら、なおさらです」

確かに、と華弥は思った。いまだに、簪は求婚するときに贈る特別なものとされている。

「それがいつも髪に挿してあり、翌日起きてからも手元にあれば、今の生活が現実だと実感できるでしょう？」

「そ、それはそう、ですが……」

「なので、今後使ってください」

そう念を押され、華弥はしぶしぶ簪を受け取った。

贈り物自体は嬉しいのに素直に喜べないのは、自分ばかりがもらいすぎていると思っているからだ。

そこで華弥は、はたりと思い出した。

そうだった。私も、贈り物を考えていたんだったわ！

贈る……というか、なんというかという感じだったがとにかく、やるならば今しかない。

だって、いつ渡すか迷い続け、路子《みちこ》から受け取ってからずっとお守りのように忍ばせているくらいなのだから。

そう思った華弥は、帯の隙間から桐箱を取り出した。

「私からの贈り物、というのは……私が斎さん専用に買ったこの櫛で、あなたの髪を梳《す》く、
そう思った華弥は、櫛を片手に持ち掲げた。

ただ華弥がやろうとしているのは、そういうことではないのだ。

抵抗があるのだろう。

何より、神族はこういった古くから続く言い伝えというのを大切にしているので、より
は華弥も重々承知していた。

櫛を贈るのは『苦死を贈る』に繋《つな》がるとされ、あまり縁起がいいとされていない。それ
華弥は首を勢いよく横に振った。

「あ、ああ、違います！」

「……あ、の……もしかしてまだ、僕に怒っていらっしゃいますか……？」

それを見た斎は、表情を引きつらせた。

できたもので、つげ櫛よりも丈夫で長持ちするとされている。

そこには、櫛《くし》が入っている。梅の花が彫り込まれた櫛だ。峰榛《みねばり》と呼ばれる希少な木材で
曖昧に言葉を濁しつつ、華弥は桐箱を開けた。

「私からも、贈り物……というか、そんな感じのものがあります」

「どうしましたか？」

「あの、斎さん」

ということです」

「……え……」

驚き、目を見開く斎に、華弥は慌てて説明を追加する。

「その……私が斎さんに贈れるものなど、たかが知れていまして。ですが、私は髪結い師です。そんな私が専用の櫛で求められるときに髪を梳く、というのは、私なりの特別な贈り物になるのではないかと、そう、思いまし、て……」

自分で語っておきながら、なんだかだんだんと恥ずかしくなってきた。考え付いた当時、いい案だと思った自分に苦言を呈したい気持ちになる。

でも、前に髪結いや髪梳きをしたときは、みんな喜んでくれたし！

神族にとってそれが何よりのお礼になるのだと教えてくれたのは、斎だった。

だから斎にとっても同じだろうと思いつつ、しかし夫ということもあり特別感を出したかった華弥が、なんとか考え付いた作戦だったのだが、斎としては微妙だったようだ。それは、反応が薄いことからも分かる。

「す、すみません、こんな言い訳をしても、櫛を贈るというのには変わりないので、縁起が悪いですよね！　やはり今の話は、なかったこと、に、」

「――い、え！」

瞬間、斎が櫛を持った手を握ってきた。見上げれば、どこか期待した目をした斎とばっちり視線が合う。

「……ぜひ、お願いします」

「は、は、い……」

圧に押される形で、華弥はこの場で斎の髪を梳くことになった。

するりと髪紐《かみひも》をほどけば、月光の下でも分かるくらい艶やかな黒髪が広がる。それに櫛を通せば、さらさらとした感触に何故《なぜ》だかどきりとしてしまった。

い、いけない、いけない……これは仕事。仕事よ、華弥……。

なんて自分に言い聞かせ、櫛を通し続けていると、なんとなく既視感に襲われる。

美幸の髪質に似ているのだろうか。否、もっと前にも似た感触を味わったことがある気がする。

少し硬いが指触りがよく、ほつれのない黒髪だ。

しかしその既視感の正体をつかめぬまま、華弥は長いようで短い髪梳きを終えた。

最後にまた髪紐で結えば、梳いた髪にいつもよりも艶が出ているような気がする。

「……終わりました」

一声かければ、斎はそうっと自身の髪に触れた。

それをするりと指先に絡めた斎は、今まで見た中で一番嬉しそうな顔をして、微笑《ほほえ》む。

「ありがとうございます、華弥さん。今までいただいた贈り物の中で、一番嬉しいです」

「そ、そんな……おおげさですよ」

「いえ、本当なので」

間髪を容《い》れずにはっきりと、斎はそう言った。照れていた華弥は思わず、顔を赤くする。

ど、どうしましょう……すごく嬉しいのに、すごく恥ずかしい……！

何より斎がこちらを優しい目で見ているのが、いたたまれない。

それに、いくら以前よりも打ち解けたからといってこうも色々と変わるのは、反則ではないだろうか。

これなら、今まで通りはぐらかされているくらいのほうが、心臓によかったかも……。

思わず顔を逸《そ》らす華弥に、斎はふふふと笑いながら言った。

「今後もどうか、よろしくお願いしますね。僕の奥さん」

髪を梳くことだけでなく、それ以外のことも含めてからかわれている。そう分かるだけに、華弥は何か文句を言ってやりたくなった。しかしそれはどれも上手《うま》く言葉にならず、胸の内側で霧散していく。

思わず千代丸に助けを求めたが、どうやら彼は斎のほうを上だと認識しているようだった。その証拠に、斎の足元でくるりと丸くなっている。

助けてくれる存在が、いない……っ。

結局、華弥が口にできたのは、これだけだった。

「……こちらこそ、よろしくお願いします、斎さん」

顔を逸らす意味を込めて見上げた夜空は、満天の星で彩られていて。

いつまでも記憶に残しておきたくなるような、そんな空だった。

――こうして、華弥の人生は大きく動き出した。

あとがき

初めましての方もお久しぶりの方も、こんにちは。しきみ彰《あき》といいます。

この度は今作をお読みくださりありがとうございます！

ずっと書きたいと思っていた明治大正和風ファンタジーと、私の大好きなお仕事を頑張るつよつよ女子と、そんなヒロインを自分なりのやり方で支えるヒーローのカップリングなので、こうして形にすることができて嬉《うれ》しいです。

今作は私が書く作品にしては、どちらかというと恋愛色高めを意識して書き上げました。

また一巻ということもあり、より二人の関係を読者の皆様に見ていただきたい！と思い、二人のやりとりをメインにすることを意識して書き上げました。

また、実を言うと華弥《かや》と斎《いつき》のやりとりに関しては七転八起ありまして、うんうん悩みながら今の関係に至りました。もっと別の意味でギスギスしてたパターンもあったので、とても感慨深いです。

職人気質でグイグイ引っ張っていくタイプの華弥と、本当は気配り上手で優しいのに意味深な態度のせいで勘違いされてしまいがちな斎。

新たな主人公カップルたちのやりとりを、どうか楽しんでいただけたら幸いです。

今回イラストを担当されたのは、新井《あらい》テル子先生です。

作中のモチーフを取り入れつつ、華弥と斎を美しく描いてくださいました！

細部まで美しい表紙をありがとうございます。

編集様。今作は本当に紆余曲折《うよきょくせつ》あり、私が悩んだこともあって大変ご迷惑をおかけしました。ですがおかげさまでこうして形になりました。ありがとうございます。

また今作には、同月刊行の「後宮妃の管理人」の特典ＳＳが読める帯がついています。

時系列的には八巻で優蘭《ゆうらん》と皓月《こうげつ》が珠麻王国《じゅまおうこく》に行ったとき。ほのぼのとした息抜き短編です。

本編がかなり殺伐としている巻ですので、よろしければＳＳで一息入れていただけたらと思います（八巻を読んだ後に読むことをおススメします！）。

最後に読者の皆様。今作をお手に取ってくださり、大変ありがとうございます！

面白くなるように試行錯誤しましたので、楽しく読んでいただけたなら嬉しいです。

それではまた、お会いできる日を願って。

しきみ彰

富士見L文庫

髪結《かみゆ》い乙女《おとめ》の嫁入《よめい》り
迎《むか》えに来《き》た旦那様《だんなさま》と、神様《かみさま》にお仕《つか》えします。

しきみ彰《あき》

2023年6月15日　初版発行
2024年10月30日　3版発行

発行者　山下直久
発　行　株式会社KADOKAWA
〒102-8177　東京都千代田区富士見2-13-3
電話　0570-002-301（ナビダイヤル）

印刷所　株式会社KADOKAWA
製本所　株式会社KADOKAWA
装丁者　西村弘美

定価はカバーに表示してあります。　◆◇◇

●お問い合わせ
https://www.kadokawa.co.jp/（「お問い合わせ」へお進みください）
※内容によっては、お答えできない場合があります。
※サポートは日本国内のみとさせていただきます。
※Japanese text only

ISBN 978-4-04-074911-2 C0193